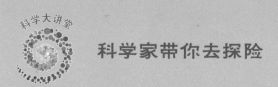

科学家带你去探险

U0095715

探秘大香格里拉

高登义 著

人民邮电出版社

北 京

图书在版编目（CIP）数据

探秘大香格里拉 / 高登义著. -- 北京：人民邮电
出版社，2011.9
（科学家带你去探险）
ISBN 978-7-115-26078-9

Ⅰ. ①探… Ⅱ. ①高… Ⅲ. ①探险－香格里拉县
Ⅳ. ①N82

中国版本图书馆CIP数据核字(2011)第150030号

科学家带你去探险

探秘大香格里拉

◆ 著　　　　高登义

　　责任编辑　姚予疆

　　执行编辑　刘佳娣

◆ 人民邮电出版社出版发行　北京市崇文区夕照寺街 14 号
　　邮编　100061　电子邮件　315@ptpress.com.cn
　　网址　http://www.ptpress.com.cn
　　北京捷迅佳彩印刷有限公司印刷

◆ 开本：850×1100　1/20
　　印张：10.6　　　　2011 年 9 月第 1 版
　　字数：195 千字　　2011 年 9 月北京第 1 次印刷

ISBN 978-7-115-26078-9

定价：35.00 元

读者服务热线：**(010)67129264**　印装质量热线：**(010)67129223**
反盗版热线：**(010)67171154**
广告经营许可证：京崇工商广字第 0021 号

科学探险 其乐无穷
（代序）

　　科学探险，是指以科学发现为目的，以科学思想和科学方法为指导的探险活动。科学探险是科学研究的一种特殊途径，是人类认识自然、认识宇宙的一种重要手段。哥伦布发现新大陆，达尔文提出进化论，都是始于科学探险。认识宇宙需要科学探险，认识地球需要科学探险，认识人类自身也需要科学探险。

　　"科学家带你去探险"丛书所记述的科学探险活动是近几十年来我国科学探险的重要组成部分，它包括高山科学探险、极地科学探险、沙漠科学探险和无人区科学探险等，也包括我国科学探险家带领我国青少年走近大自然，走向热爱大自然、热爱自然科学的科普活动。

　　本丛书的作者都是这些科学探险活动的组织者或参加者。作者在写作中力图以通俗易懂的语言来普及我国科学家在这些领域的新发现，以真实的记述来揭示他们在科学探险活动中经历的风风雨雨和酸甜苦乐，以珍贵翔实的图片来展示他们在科学探险活动中的环境，以亲身经历的真实故事展现他们丰富的科学人生，帮助读者更好地体味科学人生的真谛。

　　科学家们在科学探险中的主要体会是：亲近大自然，走向知天知己。所谓"知天知己"就是人类在逐渐溯源客观世界自然面目的过程中逐渐溯源自身的自然面目，并把自己的自然面目镶嵌在客观世界自然面目的恰当位置，从而能够比较愉快地生活和工作，比较有所成就，比较顺心地享受大自然，进而达到其乐无穷的境界。

"科学家带你去探险"丛书是由中国科学探险协会与人民邮电出版社合作推出的科普图书，整套丛书都坚持原创性。诚然，丛书一定存在一些缺点和不足，恳请读者不吝指正，以使我们在今后的写作过程中更好地改进工作，将更完美的作品呈献给广大读者。

我衷心期望通过这套丛书能与广大读者，特别是与广大的青少年读者产生共鸣：在接近大自然、认识大自然规律的过程中逐渐认识自我，逐渐走向知天知己，达到其乐无穷的境界。

中国科学探险协会主席

2011年7月

目　录

通向茶马古道的旧桥

我与大香格里拉的情缘

作者（左）和纳西老人在一起

2002年5月25～28日，川滇藏三省区在拉萨举行会议并达成共识：联合实施中国香格里拉生态旅游区的共同开发。我应西藏自治区政府的邀请出席了这次会议，并做了题为《中国香格里拉与香格里拉精神》的大会报告，阐明川滇藏三省区邻区就是中国的香格里拉地区，香格里拉就在我们每个人的心里。川滇藏三省区政府，特别是西藏自治区和四川省政府，期望中国科学探险协会像当年组织"徒步穿越雅鲁藏布大峡谷科学探险考察"一样尽快组织一次"中国香格里拉综合科学考察"。

自此，中国科学探险协会开始积极策划、筹集资金，以便尽快组织"中国香

《消失的地平线》封面

格里拉综合科学考察"。在中国科协的领导与关怀下，协会通过努力终于得到了重庆九州SOD科技产业集团的赞助，于2006年10～12月对中国香格里拉地区进行了综合科学考察。我作为考察队队长参加了川滇藏邻区的部分科学考察。

通过此次大规模的综合科学考察，科学家们在深入考察研究的基础上，提出了"大香格里拉概念，探讨了"香格里拉的内涵"，指出"香格里拉"与"香巴拉"的密切关系，把"中国香格里拉科学考察"推进到了意义更为广泛的"大香格里拉"范畴。与此同时，科学家们还进行了大香格里拉资源开发利用对策研究，完成了《和谐发展的大香格里拉》报告，并将报告送中国科协并抄送西藏、四川、云南有关部门，希望为中国的大香格里拉地区可持续发展作出应有的贡献。

笔者认为，不管是香格里拉（Shangri-La）还是香巴拉（Shambhala），都不可能在现实世界中或任何地图上界定它们的确切范围。我们可以从理论和实践两个方面来理解"香格里拉"与"香巴拉"。

从理论方面来看，除了应该具备一定特殊的自然环境与人文环境外，香格里拉与香巴拉都代表了人们一种理想中的精神世界。

小说《消失的地平线》（*Lost Horizon*）出版于1933年，作者是英国的詹姆斯·希尔顿（James Hilton）。小说的历史背景有两个显著的特点。第一，当时第一次世界大战刚刚结束而第二次世界大战又在酝酿之中。第二，第一次世界经济大危机爆发，并席卷整个资本主义世界。在此时期，各主要资本主义国家的经济逐步萧条，人民生活水平逐步下降，社会极不安定，各国政府都在想尽办法度过经济危机。因此，人们普遍渴求和向往安定、宁静、富足、繁荣的生活。这部小说之所以能在社会上产生轰动，从根本上说是因为它反映了民众的内心追求与渴望。"香格里拉"所具有的美丽、祥和、安然、富足与宁静，是小说虚构的、存在于人们精神世界之中的理想王国和美好的归宿。

早在1775年，由六世班禅喇嘛罗桑华丹益希撰写的《香巴拉指南》，就从香巴拉的朝觐路线，香巴拉的地理概貌、建筑、城市、人口、眷属、服饰、语言、法律，香巴拉的王统及佛法情形、进入香巴拉的条件等方面详细阐述并论证了香巴拉的真实性。按照《香巴拉指南》的描述，要前往香巴拉王国者必须依靠修持无上密法而成就大神通力，战胜无数地理环境的艰难险阻，历经种种极端天气考验，并战胜沿途之恶鬼恶魔的侵扰和阻挡，才有可能到达香巴拉王国。

对比香巴拉与香格里拉，笔者认为，一方面，香巴拉与香格里拉一样，都是当时人们所追求的理想王国境界；另一方面，由于两者产生的时代背景与文化土壤迥然不同，香巴拉和香格里拉的理想境界也有所不同。六世班禅处于清代乾隆王朝的强盛时期，包括西藏在内的整个中国经济文化都相当繁荣发达，因而六世班禅描述的香巴拉不仅是美丽、理想、繁荣、和谐的理想世界，而且是很不容易到达的理想世界，是人们必须历尽千辛万苦才能到达，必须修炼身心才能享受的境界。显然，香巴拉的理想境界对于人类自身的要求更高，它不是希尔顿笔下的香格里拉所能够媲美的。

从现实方面来看，"香格里拉"和"香巴拉"应该都存在于中国西南地区这一大致范围，不可能确定一个具体的地点或确切的地理范围。

希尔顿本人没有到过中国的上述地方。根据国内外学者的考证，其创作《消失的地平线》的灵感和素材来自19世纪末到20世纪初众多西方学者、探险家介绍的在中国西南横断山地区的探险经历，特别是约瑟夫·洛克（Joseph Rock，1884—1962）于20世纪20～30年代初在美国《国家地理》杂志发表的介绍中国西南横断山地区的系列文章，最接近名词"香格里拉"内涵与精髓的地域是我国滇西北、藏东南、川西南地区。而香巴拉所描述的理想地区，也应该与川滇藏接壤的地区密切相关。

为了描述与书写方便，笔者在本书中暂且用"大香格里拉"来概括"香巴拉"与"香格里拉"的精髓，既不是像《香巴拉指南》所期望的理想王国，也不是在"世界经济危机前提下去渴望一种人们心目中的理想境界"，而是在人们平平常常、实实在在的生活中努力追求的人与自然、人与人和谐相处、共同持续发展的理想境界。

早在1966～1985年的喜马拉雅山脉、横断山脉和雅鲁藏布大峡谷地区科学考察中，我似乎已经走进了大香格里拉的境界，似乎已经体味到了大香格里拉的一些真谛。

在珠穆朗玛峰南北两侧、雅鲁藏布大峡谷和横断山脉，处处展示着壮丽山川、人与自然和谐相处的天然画面：那珠穆朗玛峰北坡壮丽的冰塔林世界，那皑皑雪山与阔叶针叶林都具备的森林带，那琳琅满目的寒带、寒温带、亚热带和热带花卉世界，那遍布帕隆藏布江流域的"桃花源"，那清澈见底的雅鲁藏布江、怒江、澜沧江及其支流中流淌着的雪山融水与上天的甘露，那流水中游来游去的欢乐鱼群，那鸡犬之声相闻的温暖人间，那淳朴率真的宗教信仰……我和我的科学考察队友们似乎第一次进入了大香格里拉境界。

在2006年的综合科学考察期间，我和自然科学家以及社会科学家共同进入川滇藏接壤的地区，除了再一次融入皑皑雪山、茫茫林海、清清流水、鸟语花香、温馨人间的和谐世界去体味、享受大香格里拉境界外，还深入各种宗教殿堂、神庙，着重调查了宗教与宗教之间以及信仰不同宗教的人与人之间的和谐相处，重点研究了大香格里拉地区的可持续发展战略，为人们向往的大香格里拉的未来描绘更美、更温馨、更理想的蓝图。

我钟情大香格里拉，我热爱大香格里拉，我祝愿大香格里拉越来越美丽、温馨、和谐，我祝愿地球村里处处是大香格里拉，我祝愿人人心中都有自己向往的大香格里拉，更祝愿人人都能够走进自己心中的大香格里拉！下面就用电影《消失的地平线》的片尾曲作为本文的结尾吧。

我有很多从来没有实现的梦想，
当我的梦想没有人分享时，
对我伤害太深！
哦，对我伤害太深！

我有一个现实的理想，

但我不知道它在何方，

我相信

总有一天我会融入到那

　消失的地平线上。

对我伤害太深！

哦，对我伤害太深！

你有一个现实的理想，

你去追寻你的理想，

有一天你找到了她，

你奔向她

　停留在那消失的地平线上！

梦幻香格里拉

1981～1982年，我在美国科罗拉多州立大学（CSU）大气科学系工作。也许由于我一直从事青藏高原的科学考察工作，多次到达过珠穆朗玛峰，一位美国朋友给我带来一本小说，并说它对我会有所帮助。这本书就是《消失的地平线》。全书除引子和尾声外共11章。这本英文小说不是太难看懂，篇幅也不算大。我利用晚上和周末休息时间很快就读完了它，也在相当程度上理解了它。

小说中的某些描述和某些巧合在一定程度上把我带回到了我曾经考察工作过的喜马拉雅山脉南北坡的类似地方，也激发我去探秘西藏其他类似"蓝月亮"的地方，去发现那里的自然现象中隐含的规律，去体味"香格里拉"的理想天堂。

● 欣闻香格里拉 ●

在《消失的地平线》中，最令我感兴趣的是提到了被"香格里拉"寺庙劫持的飞机飞到了我国西藏的某山谷中，这个山谷紧邻一座海拔约28000英尺（8540米）的卡拉卡尔（Kalakal）山，这座山在藏语中的意思是"蓝月亮"（Blue Moon）。

蓝月亮，多么美丽的地名啊！

在多年与藏族同胞工作和生活的过程中我知道，"达瓦"（月亮）是藏族同胞非常喜爱的名词之一，好多藏族同胞的名字都与"达瓦"有关，有些地名也与"达瓦"有关。月亮美，蓝月亮更美！

小说以浓重的笔墨描述了蓝月亮山谷美丽、宁静的自然环境。诸如："飞机窗外的这一令人心惊胆战的奇观呈现出完全不同的风貌，它没有那种故作姿态给人欣赏的媚气，那傲然屹立的冰峰峭壁中蕴藏着某种自然原始而神奇怪诞的东西，一种壮丽雄奇却又傲慢的风格，令人感到难以接近；他凝视着那一座壮丽雄奇的山峰，一阵惊喜而欢快的感觉涌上心头：在这远离人间、与世隔绝的角落，竟然还有这样绝美的地方……"

"群山环抱的广阔谷地中完美地点缀着小巧的草坪和纯洁的花园，溪水边坐落着涂过油漆的茶馆和轻巧如玩具的屋舍，看来这里的居民似乎非常成功地融合了汉族和藏族的文化，他们一般都比这两个民族要干净俊美，而且似乎因范围小而难以避免的近亲通婚让他们稍稍吃了一点苦头……"

小说中提到的位于蓝月亮山谷中的神奇的香格里拉寺庙、神奇的主人公张先生和香格里拉寺庙的大喇嘛佩劳尔特（Perrault）给我也留下了比较深刻的印象。尤其是佩劳尔特给小说主人公康维（Conway）的临终遗言："……即使整个欧洲的光明全都消失了，仍然还有别的真正的闪光会从中国到秘鲁重新燃起。然而，即将来临的黑暗时代将要覆盖整个世界，任何人都无法逃脱，也得不到庇护，只有那些因太隐蔽而找不到

探秘大香格里拉

或太卑微而没有人注意的地方才能幸免于难，而香格里拉也许有希望既可逃脱也可得到庇护。"

小说中多次提到的蓝月亮山谷后来并没有广泛流传，而位于蓝月亮山谷中的寺庙名称"香格里拉"却不胫而走，令人不得不深思其中的原因。我自问自答，反复思考，也许如下的分析会给我们一点启示。

众所周知，藏传佛教实际上是西藏的精神统帅，而佛教的大喇嘛历史上一直是西藏的统治者，像达赖和班禅，这是尽人皆知的历史事实。

神秘的蓝月亮山谷固然吸引人，但主宰蓝月亮山谷的是位于这个山谷中的香格里拉寺，特别是香格里拉寺的大喇嘛佩劳尔特。大喇嘛能够主宰蓝月亮山谷中人们的命运，更能够主宰蓝月亮山谷中的一切财富，特别是蕴藏丰富的金矿是香格里拉寺庙能够与外界交换现代文明之多种必需品的宝贵财富，在隐蔽的山谷也能享受着西方的文明。

看来，人们并不是向往美丽而神秘的蓝月亮山谷的自然环境和人文环境，而是向往山谷中那座象征权贵的寺庙的名称"香格里拉"，这也许就是"香格里拉"很快广泛传播，而美丽的蓝月亮山谷却无人问津的缘故吧！

我越想越觉得心里不舒服，越想越觉得应该在已经广泛流传的"香格里拉"名称中融入诸如蓝月亮山谷那样美丽而神秘的自然环境、人文环境和理想境界。

另外，我不太相信未来的黑暗势力会笼罩整个世界，也不太相信书中描述的蓝月亮山谷就是西方人梦寐以求的"世外桃源"、"香格里拉"。因为我曾经去过珠穆朗玛峰地区，那南坡丰富的垂直气候自然带以及这些自然带中蕴涵的丰富的生物世界曾经让我流连忘返，那北坡绒布冰川中神话般的冰塔林曾经让我陶醉其间——但很高兴中国可能是未来的新的闪光所在之一，而香格里拉又是最能够幸免于难的"世外桃源"。其实，有谁不希望自己的祖国繁荣昌盛？有谁不希望自己的家乡是世人向往的"世外桃源"或者说"香格里拉"呢？

我合上书本，静下来回忆在珠穆朗玛峰进行科学考察的往事，蓝月亮山谷、香格里拉、珠峰南坡丰富的气候带和自然带、珠峰北坡神奇的冰塔林……我仿佛又回到了青藏高原。

我换算了卡拉卡尔山的海拔高度，28000英尺相当于8540米，和世界第三高峰洛子（Lhotse）峰的海拔高度（8516米）非常接近。有趣的是，世界第一高峰珠穆朗玛峰与第三高峰洛子峰的地理位置相同，都是北纬27.9°、东经86.9°。洛子峰位于珠穆朗玛峰南3000米处，两者之间仅仅间隔着一条山坳，即通常所说的"南坳"。

真是太巧了！卡拉卡尔山如果是洛子峰的"化身"，那么，与洛子峰仅仅一坳之隔的珠穆朗玛峰南北两侧的自然环境与蓝月亮山谷又是何等相似呢？

● 思考香格里拉 ●

因为"香格里拉"已经名扬四海，所以这里不得不借用这一名称。然而，在我的心目中，它只是以卡拉卡尔山区"蓝月亮山谷"之美丽而神奇的自然环境和人文环境为底蕴的代名词，而不是象征权贵的寺庙代言人。

1966～1980年，我曾经多次去过青藏高原，去过珠穆朗玛峰及其邻近地区进行科学考察，尤其是曾在珠穆朗玛峰南坡我国与尼泊尔交界的地区长期考察，那里是藏族、夏尔巴人和汉族聚居的地方，也是雪山环绕、风景优美、多民族和谐相处的地方。这里与《消失的地平线》中描写的蓝月亮山谷（香格里拉寺庙所在地）的自然景观和人文情况颇为相似，是我比较熟

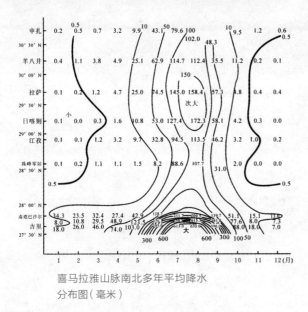

申扎	0.2	0.5 0.5	0.7	3.2	9.9 10	43.1 50	79.6 100	102.0	48.3	10 9.5	1.2	0.6 0.5
羊八井	0.4	1.1	3.8	4.9	25.1	62.9	114.7	112.4	35.5	11.2		0.1
拉萨	0.1	0.2	1.2	4.7	25.0	74.5	145.0 150 158.4 次大	57.3	4.8	0.4	
日喀则	小	0.0	0.3	10.8	53.0	127.4	172.3	58.1	0.4	0.1	
江孜	0.1	0.1	3.2	9.7	32.8	94.5	113.5	46.2	2.0	1.0	0.2
珠峰零站	0.1	0.2	1.1	1.1	1.5	8.2	88.6	107.7	31.0	2.0	0.0
南迫巴沙尔	34.3 8.0	23.5 10.8	32.4 29.5	27.4 48.9	42.9 72.5	138.2	211.0 613.5	139.7	51.1 77.6	15.1 18.0	13.0 7.3
吉里	18.0	26.0	46.0	74.0 103.0					88.0	18.0	7.0

0.5 ... 0.5

300 600 | 300 600 | 300 100 50

1 2 3 4 5 6 7 8 9 10 11 12(月)

喜马拉雅山脉南北多年平均降水
分布图（毫米）

30° 30′ N
30° 00′ N
29° 30′ N
29° 00′ N
28° 30′ N
28° 00′ N
27° 30′ N

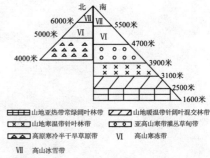

珠穆朗玛峰南北气候自然带分布图（郑度，1975年）

北 南
6000米 VII VII
5000米 VI 5500米
VI 4700米
4000米 3900米
3100米
2500米
1600米

▤ 山地亚热带常绿阔叶林带　　▨ 山地暖温带针阔叶混交林带
⊠ 山地寒温带针叶林带　　○○ 亚高山寒带灌丛草甸带
△△ 高原寒冷半干旱草原带　　VI 高山寒冻带
VII 高山冰雪带

悉的地方。

怀着好奇的心情，我简单地把蓝月亮山谷和珠穆朗玛峰南北坡地区自然景观作了对比，希望能够找到一些蛛丝马迹，或得到一点自己不知道的东西。

珠峰自然景观胜于蓝月亮山谷

横亘于青藏高原南缘的喜马拉雅山脉，北面为世界海拔最高的青藏高原，南面为印度平原。当西南季风把印度洋的暖湿空气向北输送时，受喜马拉雅山脉屏障作用的影响，山脉南北的气候和自然景观迥然不同。珠峰位于喜马拉雅山脉中段，是喜马拉雅山脉的最高部分，对于印度洋暖湿空气的屏障作用更为显著。以降水为例，在珠峰南侧，多站多年降水量平均为2000～3000毫米，为其北侧多站多年平均降水量的7～8倍。

与此相应，珠峰南北的气候带和自然带也差异颇大。在珠峰南侧，随着海拔高度增加，依次分布有山地亚热带常绿阔叶林带、山地暖温带针阔叶混交林带、山地寒温带针叶林带、亚高山寒带灌丛草甸带、高原寒冷半干旱草原带、高山寒冻带、高山冰雪带等多种气候带和自然带，而北侧却只有高原寒冷半干旱草原带、高山寒冻带和高山冰雪带三个气候带和自然带。

在珠峰南侧（以樟木至聂拉木一带为例），在中尼边境的友谊桥附近（海拔2100米），遍布着终年常绿的阔叶林。这里有珍贵的楠木树和青冈树，有生活在森林中的猴群。一到雨过天晴，常可遇到极其美丽的太阳鸟在树梢鸣唱。但从中尼边境的友谊桥往北行，经过樟木（海拔2300米）来到海拔2500米附近，却只能看到少量的青冈树（也叫青杠树），但参天的红松却遍布山腰，这就是针阔叶混交林带。到达曲乡（海拔3200

中尼边境友谊桥附近的亚热带景观

▲ 珠峰南坡海拔3000米附近的针阔
叶混交林带

▶ 喜马拉雅山脉南坡的云海与针叶
林带

米）附近时，冷杉、红杉参天盖地，云海茫茫，一片片细小的竹林点缀于林海之中。到了聂拉木县城（海拔3800米）附近，美丽的杜鹃花映入眼帘。刚从林海中穿出来，遇上这星罗棋布的鲜花，再举目眺望银白耀眼的群山顶，顿时有清新舒展的感觉。从聂拉木往北行，便进入了喜马拉雅山脉北坡境地，这儿的景色又别具一格。群山巍巍，白雪皑皑，偶见河谷地区一片草地，也就算是"绿色的世界"了。草地上放牧着牦牛群和羊群，狡猾的鼠兔出没于草场中，不时地以惊奇的目光望着我们这些"陌生人"。到了珠峰北麓的绒布冰川区，林立的冰塔、奇幻的冰洞、起伏的冰川，在金色的阳光下闪闪发光，碧蓝的冰面起伏不平，好似滚滚的江水向山谷中流去；举目南望，雄伟

13

的珠峰顶上飘挂着一面洁白的"旗云"，雄鹰在蓝天上盘旋，时而接近峰顶与"旗云"争高低，时而在珠峰上空翱翔。这是多么壮丽的画面啊！

我认为，珠峰南北自然景观的极大差异，完全可以和蓝月亮山谷媲美。如果你走进珠峰北坡绒布冰川的冰塔林，那壮丽的冰塔林比蓝月亮山谷更美。

▲ 在青藏高原上空翱翔的雄鹰
▼ 珠峰峰顶的白云在蓝天上随风飘荡，宛如一面旗帜

珠峰冰塔林比蓝月亮山谷更壮美

当你进入绒布冰川的冰塔林区，漫步于千姿百态的"冰雕艺术园"中时，你会目不暇接，兴奋不已。这些冰塔林有的像密集的尖塔，有的像疏落的金字塔，有的形如骆驼，有的酷似钟乳石，有的宛如刺向长空的利剑……

在冰塔岩壁之间分布着明镜似的冰湖，好像是千姿百态的"冰塔女神"的梳妆镜。冰湖面上的涓涓细流逐渐在冰塔间形成幽深的沟谷，"冰桥"横跨在沟谷上方，似乎是"冰塔女神"散步的小径。涓涓溪流流经之处，往往会留下水晶宫似的冰洞，洞口常常倒挂着许多"钟乳冰"，更凸显冰洞之幽深神秘。有时，你会看到宛如斜卧山坡的"冰笔架"，让你联想到那被取走了的"冰笔"；有时，你会看到一座孤立的冰塔顶上平稳地安放着一块巨石，它就是冰川学家所说的"冰蘑菇"。当你步入那高低错落、幽深莫测的冰塔群中时，你会突然恍恍惚惚、摇摇晃晃，完全沉醉于童话般的冰雪世界之中……

1966年春，我们气象组和冰川组曾共同进入珠峰北坡绒布冰川的冰塔林，那里真是与人隔绝、群山环抱的神奇冰雪世界。蓝月亮山谷也难以望其项背！

我国冰川气象学家通过多次深入观察研究，在享受那神奇的冰雪世界给人带来的精神美餐的同时，对珠峰北坡冰塔林的科学内涵也有了新的认识。

珠峰北坡冰塔林大多分布在海拔5400～6000米，冰塔的相对高度可达30～50米，冰塔林区可延展2000～5000米范围。据冰川学家的观测，如此大规模的壮丽的冰塔林区目前仅在北

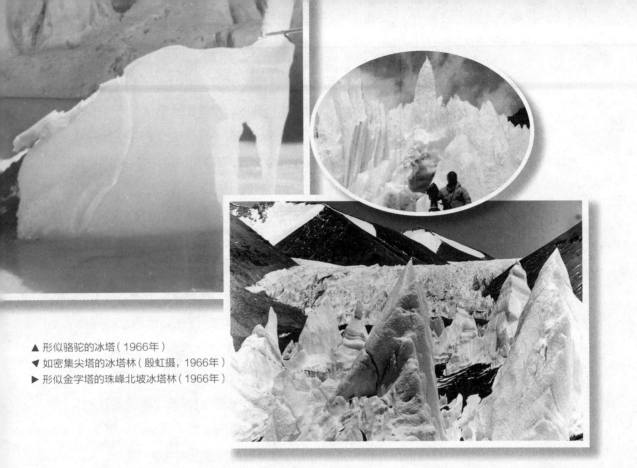

▲ 形似骆驼的冰塔（1966年）
▼ 如密集尖塔的冰塔林（殷虹摄，1966年）
▶ 形似金字塔的珠峰北坡冰塔林（1966年）

半球中低纬度的喜马拉雅和喀喇昆仑山区出现，在纬度更高的山区，如昆仑山、天山、祁连山等处都没有见到，在赤道附近高山区，如非洲的乞力马扎罗山、南美洲的安第斯山脉等也没有类似景观。

那么，珠峰北坡的冰塔奇观是如何形成的？

在回答这个问题之前，应该先明白两个基本规律。首先，冰雪可以通过"升华"过程直接转化为气体，而单位质量的冰雪直接汽化所需的热量要比熔化为液体所需的热量大得多，前

▲ 与珠峰峰顶遥遥相对宛如利剑的冰塔（1975年）

▶ 幽深的冰洞神秘莫测（1966年）

◀ 冰蘑菇（殷虹摄，1966年）

▼ 斜卧山坡的"冰笔架"（1966年）

17

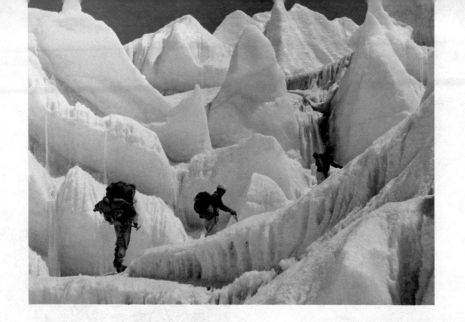

高低错落、幽深莫测的冰
塔群（1966年）

者为后者的8.5倍。其次，在相同温度和湿度条件下，风速越
大，冰雪的升化速度越快，消耗的热量也越多。

冰川气象学家认为，要形成珠峰北坡千姿百态冰的塔林
必须有如下条件：第一，具有适当坡度的地形，有利于冰川运
动，并在冰川不断运动过程中产生多种褶皱和断裂的状态，成
为冰塔的雏形；第二，在消融季节，要有强烈的太阳辐射和极
大的太阳高度角（超过70°），能使冰面上的不同部位，尤其是
低凹处接收较多的热量，强烈消融；第三，气候要干燥，这样
冰塔才容易气化，且使冰塔雏形不同高度的汽化量不同。

根据冰川气象观测，在珠峰北坡海拔5400～6000米处，
由于冰川运动常常形成褶皱和断裂，为冰塔林提供了雏形；夏
季，太阳辐射强，且太阳高度角可达70°～85°，容易照射到
冰塔表面的各个部分，尤其是低凹处；风速在冰面不同高度上
差异很大，冰面最高处的风速可比最低处的风速大2～4倍。在

上述情况下可以认为，在冰面高处和低处所接收的太阳辐射热量基本相同；在冰面最高处，由于风速大，冰的汽化量大，消耗的热量很多，剩余热量消融的冰量非常小，而在冰面低处或低凹处，由于风速小，冰的汽化量极小，消耗的热量也极少，剩余热量消融的冰量非常大。冰面高低处的这种消融量的差异，导致冰塔越来越高，形状越来越奇特。

情迷冰塔林

珠峰北坡的冰塔林以其奇特壮丽的景象和深不可测的神秘感特别引人瞩目，往往让人流连忘返，甚至迷途其中。

1975年3月中旬的一天，中国科学院珠峰科学考察队突然给我一个任务，让我带队去珠峰中绒布冰川，配合新华社和《体育报》记者拍摄新闻照片，在新华社发稿。这是必须圆满完成的任务。鉴于此，我只好决定改变我们原定4月进入冰塔林采集冰雪样品的科学考察计划，利用此次进入冰川地区的机会，完成海拔5300～5600米的冰雪样品采集任务。

由于任务重大，考察队政委朗一环、秘书姚建华也随队前往。

早饭后，我们一行6人带上冰镐、登山结组绳、采集冰雪样品的器材和食品，向中绒布冰川区的冰塔林走去。我们首先是要完成新闻照片拍摄任务。冯雪华是工农兵学员，是此次记者们拍摄的重点对象。

在海拔5300米左右，我们进入了冰川区，沿着1966年曾经走过的路前进。沿途的冰塔林风光深深吸引了我们。看！三座冰塔相邻为友，右侧的两座更是紧紧相邻，亲密相伴！在快要到达海拔5400米时，面前一幅壮观的画面让我们禁不住停下了脚步：宽阔的冰湖在阳光照射下闪闪发光，冰湖被多座高高的冰塔林环绕，目测高差可达50米以上。记者们在这里为冯雪华拍摄了采集冰雪样品的工作照。我不时地拍摄冰川风光，有时也拍摄队友们在冰塔林中前进的照片。

记者们拍摄了三张考察工作照片后，新华社记者张君又在冰塔林中穿来穿去，似乎在寻找他所需要的最佳拍摄场地。我们一边拍照，一边紧紧跟随。

当地时间下午2时已过，张君好不容易找到了一处最佳拍摄场地——近处是斜射天空的冰塔和宽阔的冰湖，远景是雄伟的珠穆朗玛峰，我们也跟着停了下来。张君坐下来，首先向我们讲解拍摄的"主题"：这是今天所要拍摄的最重要的一张照片，内容是科考队员在冰塔林中艰难地前进，老队员（由我担任）在前面用冰镐开路，冯雪华紧跟，新队员在后面拉开距离，做出不同姿势跟着前进。近景是高大的冰塔，远景是雄伟的珠峰。拍摄开始，张君指挥我们站好位置，待其他队员摆好姿势后，他专注地对我说："你是老队员，在前面开路，你要高举冰镐，然后猛地向冰塔上扎去，要扎得冰花四溅。"说完又问我："明白吗？"我点头示意。我按照"导演"意图去做，总算在第4次时扎出了"冰花四溅"的效果。张君满意地点头，一张重要的考察工作照片算是拍摄结束了。其他照片也是如此这般"导演"完成的。

拍摄任务完成后，朗一环政委因为下午要开重要会议，就带着我们采好的冰雪样品提前下山了。

全部拍摄任务完毕后已经是当地时间下午4时左右了，足足花了近3个钟头，大家饿了。我们席地而坐，拿出各种罐头食品，完成了"迟到的午餐"。

午餐后下山。途中，我们再次被壮丽而神奇的冰塔林风光吸引住了。千姿百态的冰塔林风貌令我不停地拍照，结果却忘了在沿途垒石头留下标记。这为我们返回大本营埋下了隐患。

我不顾一切地拍着照，不知两位记者何时与我们分开了。

我让姚建华和冯雪华在原地等我，自己原路返回去找两位记者。我大声呼喊着他们的名字，但回答我的只有山风在冰塔林中的呼啸声。冰塔林像迷宫，三转两转差一点我也迷路了。幸好这一次我在途中用石头做了记号，最终又回到了老姚和冯雪华等待我的地方。老姚对我说："你总算回来了，真让人担心。他们呢？"我摇摇头，表示没有找到。"我想去找你，又放心不下小冯，真让我为难。"老姚补充说。

这时已过了下午5点半，中绒布冰川所在的山谷中已出现了阳光的阴影，我们必须抓紧时间返回大本营了。我们边走边呼喊两位记者，但始终没有回音。

因为开始时为了寻找最佳拍摄场景，我们只顾在冰塔林中穿梭，远离了平常的登山路线，又没有及时用石头垒好行走过的路标，在返回途中，我们迷了路。我们在冰塔林中转来转去，还是找不到来时走过的路。此时，已是当地时间下午6时30分（北京时间下午8时30分），山谷中完全没有阳光了。

大家开始着急。我让老姚和冯雪华原地不动，自己爬上近处的一座山脊，登高远望，想寻找回大本营的路。忽然，远处传来了大本营广播站播送的歌声，方向弄清楚了。我用电筒射出的光为队友发出信号，队友跟着爬上来了。现在，我们只能朝着大本营的方向摸索着前进了。

昏暗的夜色中很难在冰塔林里找到正确的路，唯一可依循的就是从大本营传来的广播声和电筒在冰面上的反射光。循着这个声音，我们有时翻山脊，有时踏冰川，借

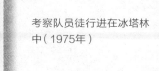

考察队员徒行进在冰塔林
中（1975年）

▲三座冰塔相邻为友，右侧的两座更是紧紧相伴（1975年）
◀考察队员正在穿越冰塔林（1975年）
▼斜射天空的冰塔、宽阔的冰湖与雄伟的珠峰遥相呼应
（1975年）

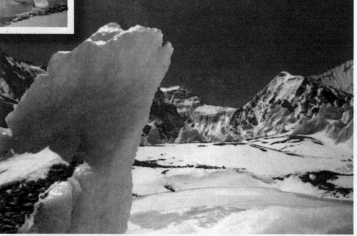

探秘大香格里拉

22

着微弱的反光在冰塔林中才不致"碰壁"。真是"摸着石头过河"啊！走着走着，迎面一座陡峭的山脊堵住了去路，难以前进了。

此时，我虽然心里一点把握都没有，但却不愿让队友们失望，依然镇静地请队友们稍等片刻，自己带上登山结组绳爬上陡峭的山脊去探路。借着电筒发射的微弱光线，我手足并用艰难地向上爬，20多分钟后爬上了顶部。举目下望，什么也看不清。正在着急中，忽听山下有流水声，我高兴了。从方向判断，那正是我们来时曾经走过的地方，马上就要到达我们经常走的登山路线了。

我兴奋地向队友们喊："找到路了！快上来！"我从山脊向下迎接队友。在关键的陡坡，我把绳子的一端扔往下面队友的手中。冯雪华实在太疲劳了，老姚把绳子捆在她的腰上，我竭尽全力把她拉了上来。到了山脊，大家都听到了流水声，兴奋代替了疲劳，立刻开始下山。

循着流水声，我们很快找到了登山道路，经过5个多钟头的"急行军"后安全返回了大本营。两位记者已经先期到达。队里为我们留下了可口的晚餐，大本营的队友们惊喜地倾听了我们当晚的"险情"。

朗政委在关心我们的同时，也单独对我说："今后可要注意啊！万一出了安全问题，我们如何向领导和队员交代啊！"我感谢朗政委给我留了面子，没有在会上批评我，但教训是深刻的：进入珠峰北坡冰塔林，无论走到哪里，沿途垒放石头做路标是必不可少的！

珠峰冰塔林沧桑

　　要认识珠峰北坡冰塔林的沧桑变迁，为人类认识全球气候变化提供科学依据，不是一朝一夕之功，也不是轻易之举，要尽可能地长期观测，有时也会遇到一些艰难险阻。

　　记得是1980年春天，我带队在珠峰北坡科学考察，全队共14人，有两个考察项目，一是观测珠峰北坡的背风波动，二是遥测海拔7500米的气象要素。前者由我直接负责，后者由龚沛光负责。同期，由上海科学教育电影制片厂的殷虹和冰川学家张文敬带队，在珠峰北坡冰川区拍摄《中国冰川》科教片。

　　大约是4月中旬的一天，我突然接到殷虹的高频电话，希望我在第二天带领十来位队员前往海拔6000米的冰塔林区拍摄大气科学考察的镜头，作为电影《中国冰川》的内容之一。从大本营到海拔6000米营地，中间隔着一个海拔5900米营地，对于登山队员而言，一天到达不足为奇，但对于科考队员那就有点难度了。再者，由于受帐篷、睡袋等装备条件限制，我们还必须当晚赶回大本营，这就难上加难了。开始我有些犹豫，怕队员们适应不了这样的急行军。但当我把这个消息告诉大家后，小伙子们都纷纷要求前往。也许，大家是受我多次讲述冰塔林考察故事的影响吧，工作责任感和好奇心都在鼓动他们前往。

　　我挑选了7位队员和我同行。早晨天刚刚亮，我们带上拍摄电影所需的简单气象仪器、电筒等必需品后，先乘车到海拔5300余米的山口，然后徒步前进。汽车则留在山口等候我们返回。

　　我们尽可能地快速前进，在下午2时许到达海拔6000米冰塔林区。除完成《中国冰川》电影中需要配合的工作外，我还尽可能地

作者为珠峰北坡考察的队友在珠峰前所拍的合影（1980年）

拍摄了冰塔林的照片。此次，我没有太多时间欣赏拍摄冰塔林，但直觉却告诉我，冰塔林与1975年的情况大同小异。当然，我比较满意的是从冰塔林融洞中眺望珠峰的那张照片。

拍摄完毕，殷虹、张文敬等热情地为我们做晚餐。晚餐后，已经过了当地时间17时。当我们快离开时，有队员向我耳语，问有没有可能在海拔6000米和他们挤在一起过夜，哪怕是一晚上不睡觉也行。我知道高山反应的一些规律，留在海拔6000米营地，没有睡袋

25

海拔5900米的冰塔林（1980年）

从冰洞中眺望珠峰（1980年）

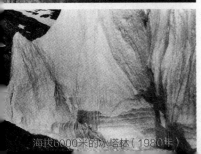

海拔6000米的冰塔林（1980年）

根本不行，再说，晚上肯定会有人高山反应严重，所以没有同意。

我们下山了。刚开始，山谷中还有点昏暗的光线，我嘱咐大家紧跟着我。从海拔6000米营地到海拔5900米营地，大家几乎都紧紧跟随，大约当地时间20时就到了。离开海拔5900米营地后，我们只能全凭微弱的电筒光线了。副队长刘增基向我反映，有四五名队员太疲劳了，建议分成两个小组，他自愿在第二组。

就这样，我和两位年轻的司机为第一组先行下去，准备汽车，烧一锅奶茶等候他们。

我们第一组三人于当地时间22时到达海拔5300米的山口，并一边准备发动汽车，一边开始烧奶茶。我们耐心地等待着，不时地用手电筒的光为第二组的队友们发送信号。因为我们的报话器在弯曲的山路条件下几乎没有作用，两位年轻的司机只好时不时地高喊第二组队友的名字。

时间过得非常缓慢。终于，在当地时间次日1时许，第二组队友陆续到达。大家又累又渴又饿，很快把一大锅奶茶喝了个底儿朝天。好在大家都没有什么高山反应，喝完热乎乎的奶茶后，我们乘车返回大本营。尽管已经是当地时间2时了，但大家还是有说有笑地与留守大本营的队友谈论冰塔林的壮丽美景。

这样，近10名科考队员从珠峰北坡大本营到达海拔6000米冰塔林工作后，当天便返回了大本营。这种情况据我所知是极为罕见的。

为了研究珠峰北坡冰塔林与气候变化之间的关系，我利用各种可能的条件，在朋友的热心帮助下，取得了1966、1975、

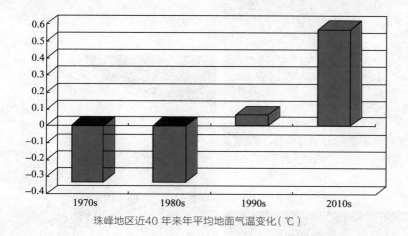

珠峰地区近40年来年平均地面气温变化（℃）

1980、1990、1992、2004、2005年珠峰绒布冰川冰塔林的图片资料。这些资料显示：1966～1985年珠峰地区地面气温变化不大，但自20世纪90年代以来，珠峰地区的气温逐渐升高。1971～2010年，珠峰地区年平均气温升高0.9℃，比全球近百年来地面气温平均升高0.74℃要高得多。

珠峰地区地面气温的逐渐升高破坏了原来适合于绒布冰川发育冰塔林的条件，自1990年以后，绒布冰川壮丽的冰塔林逐渐变化、消失。1990年，绒布冰川的冰塔林部分开始消融，在海拔5400米出现冰洞与融化后的冰柱；1992年，人民画报社高级记者杜泽泉在绒布冰川海拔6000米处拍摄，发现冰塔林部分融化成为冰柱；到了2004年清洁珠峰活动期间，从清洁队友提供的照片中明显看出，绒布冰川海拔6000～6500米的冰塔林已经不同程度地融化了；2005年，中央电视台记者徐进特意帮我拍摄了绒布冰川中海拔5900米和5300米的冰塔林照片，显示海拔5900米的冰湖开始部分融化，海拔5300米的冰湖已全部融化

明永冰川中的冰塔林部分消融
（图中左上角）（1990年）

冰洞和融化后的冰柱（海拔5400米，
2004年）

冰湖消融、冰塔融化（海拔5900米，2005年，
徐进摄）

（海拔6400米，2004年
刘勤涛提供）

成碧蓝的湖水。

珠峰北坡如此神话般的、远离人世的冰塔林也没能逃脱全球气候变暖带来的不利于冰塔林生长发育的影响。遥想《消失的地平线》中描述的蓝月亮山谷，它也不可能逃脱全球气候变化的影响啊！看来，无论是多么隐蔽、鲜为人知的"世外桃源"也难逃脱全球气候变化的影响，只不过影响轻重不同而已。人人都应该深思：面对全球气候变化，我们应该做点什么呢？

冰湖变为水湖（海拔5300米，2005年，徐进摄）

走近香格里拉

1982年，我离开美国回国，中国科学院的科学考察任务又把我召唤到了青藏高原东南部的横断山脉和南迦巴瓦峰地区。走进横断山脉和南迦巴瓦峰地区进行科学考察，主要任务当然是研究横断山脉的三江并流地形与雅鲁藏布江水汽通道作用对于青藏高原东南部天气气候和自然环境的影响，但出于好奇，我还在工作之余注意把它们与蓝月亮山谷的自然环境进行了对比。

走进横断山脉地区

横断山脉位于我国西南的西藏东部、四川西部和云南西北一带，是青藏高原的组成部分。它在行政区域上包括西藏自治区的昌都地区，四川省阿坝、甘孜、凉山和云南省丽江、迪庆、怒江、大理等地区，面积约50万平方千米。该地区具有很多与众不同的独特之处。

地形条件与众不同

横断山脉地区地势由西北向东南倾斜，大部分为高山峡谷，山脉与河流都呈自北向南走向，且山脉与河流相间排列，地势高差很大，有"两山夹一川，两川夹一山"之说。山脉和河流平行排列，自西向东为：伯舒拉岭—怒江—他念他翁山，怒山—澜沧江—达马拉山，这些山脉的平均海拔高度为

3000～5000米。

　　横断山脉地区上述特殊的地形条件（即在南北走向的高大山脉中有深切的河谷）和地理位置给它带来了特殊的降水分布。南北走向的横断山脉的屏障作用阻挡了西侧的西南季风，使得位于山脉东面的背风一侧不利于降水。然而，山脉东面深切的怒江和澜沧江河谷又从南面引入了西南季风，把大量的暖湿水汽源源不断地自南向北输送，弥补了山脉背风一侧的降水不利条件，因而在上述河谷中形成了比哈巴雪山东侧大得多的降水。

　　横断山脉是我国南北走向山脉的代表，观测研究它对于大气、气候和自然环境的影响是我国山地环境气象学的重要组成部分。

降水分布与众不同

　　根据我们在横断山脉西坡建立的三个气象观测站的观测资料和当地气象站的长期观测资料分析发现，在横断山脉地区，年降水量随经度的东西变化远大于随纬度的南北变化。这与我国其他地区的降水分布特点非常不同。

　　在横断山脉地区，在山脉最西侧的降水量最大，即在我们建立气候观测站的独龙江、片马垭口和片马站的降水量最大，年降水量高达3000毫米左右；年降水量随经度的变化率可以达到每隔一个经度减小426～1731毫米。这就是说，在横断山脉地区，自西向东，年降水量急速递减。

　　然而，在横断山脉地区，年降水量随纬度的变化却不大。无论是在高黎贡山西侧，沿怒江河谷、澜沧江河谷、金沙江河谷，还是在横断山脉东侧，南北降水量的比值最大不超过1.70；其年降水量沿纬度的变化率为40～538毫米/度。

　　由上可见，在横断山脉地区，降水随经度的变化率约为随纬度变化率的3～18倍。这种现象主要是由于南北走向的横断山脉阻挡了自西向东的西南季风，形成了山脉西侧大量的降水，而在背风一侧的降水很少，造成东西方向降水的极大差异。

　　此外，在横断山脉地区，自西向东，降水量随纬度的变化并不完全相同。在横断山脉的最西侧，年降水量自南向北递增，平均每升高一个纬度年降水量增加538毫米；在怒江河谷，年降水量自南向北也是递增的，但平均每升高一个纬度却只增加368毫米左右。然而，由此往东，降水随纬度的变化就不同了。在澜沧江河谷，年降水量自南向北递减，平均每升高一个纬度反而减少了40毫米左右；在横断山脉东侧，年降水量自南向北递减得更快，大约每升高一个纬度就要减少656毫米。

为什么在横断山脉地区年降水量沿着经度的变化与沿着纬度的变化有如此明显的差异呢？根据1985年6～8月我们在横断山脉地区观测的水汽输送资料不难看出，由于怒江、澜沧江水汽通道为西南季风提供了一个自南向北输送水汽的有利条件，使得位于横断山脉背风一侧本应降水量少的怒江和澜沧江河谷的年降水量仍然可以达到1000毫米左右。根据我们的观测计算，在6～8月，沿怒江和澜沧江河谷的水汽输送强度分别平均为528克/（厘米·秒）和98克/（厘米·秒）；在水汽输送最强的6月，它们分别可以达到764克/（厘米·秒）和313克/（厘米·秒）。这就是说，在怒江和澜沧江河谷中，沿着怒江的水汽输送较强，因而，在怒江河谷中的年降水量平均可以达到1300多毫米，而在澜沧江河谷中的平均年降水量却只有967毫米。另外，尽管在横断山脉西坡没有水汽输送的观测资料，但根据笔者的估计，它应该介于沿着雅鲁藏布江的水汽输送强度和沿着怒江的水汽输送强度之间，即在1500～500克/（厘米·秒）范围内。若如此，则在横断山脉西坡的年降水量当然应该最大了。

由上可见，在水汽输送强度最大的横断山脉西坡，不仅年降水量最大，而且年降水量自南向北递增也最快；在怒江河谷，水汽输送强度位居第二，年降水量及其自南向北的降水递增情况也仅次于横断山脉西坡，也位居第二；在澜沧江河谷，自南向北的水汽输送强度远比沿着怒江河谷的小，因而，不仅在澜沧江河谷中的年降水量减小，而且年降水量自南向北已经不是增加而是减少了；在横断山脉东侧，由于南北向山脉的屏障作用，以及没有自南向北的水汽输送，不仅年降水量为横断山脉地区的最小值，而且年降水量自南向北递减的速度也最大。

自然环境与众不同

在横断山脉地区，由于一系列南北走向的山脉与一系列南北走向的河谷相间分布，不仅形成了前面所说的降水的特殊分布，而且也带来气候与自然环境的特殊状况。

南北走向的横断山脉对气流的屏障作用与怒江、澜沧江水汽通道作用的综合效应造成了横断山脉地区特殊的气候和环境状态。

根据地理学家杨勤业、何大明和李恒的研究结果，我们可以知道，在高黎贡山西侧的独龙江地区具有丰富多变的垂直气候带和自然带，也就是说，随着海拔高度增加，气候状况和生物分布的状况会迅速发生变化，它与珠穆朗玛峰的南侧一样，依次分布着山地亚热带常绿阔叶林带，山地暖温带针阔叶混交林带，山地寒温带针叶林带，亚高山寒带灌丛草甸带，高山寒冻带地衣、岩屑、草甸、垫状植被带和高山冰雪带。在哈巴雪山东侧，垂直自然带表现为由常绿阔叶林向高原植被的过渡型地带，即由暖干旱河谷灌丛、云南松林、杉林、高山灌丛草甸等组成，这与高黎贡山西侧的垂直气候带和自然带显然不同。在怒江流域，垂直带谱中的基带为湿性常绿阔叶林，往上分别为针阔混交林带，暗针叶林带，杜鹃、箭竹、灌丛、高山草甸带等，这与高黎贡山西侧的气候带和自然带非常接近。在澜沧江流域，垂直带谱中的基带为干性常绿阔叶林，以上则为冷云杉为代表的针叶林带和灌丛、高山草甸带等。它与怒江河谷的主要区别在于垂直自然带的基带不尽相同，前者为湿性，后者为干性。

横断山脉路难行

要进出蓝月亮山谷，没有当地向导带路肯定是不行的。在横断山脉地区进行科学考察，由于其特殊的地形条件、与众不同的降水分布和特殊的自然环境，安全徒步与安全行车成为科学考察非常重要的前提。仅中国科学院在此地区组织科学考察的5年中，交通或徒步考察中带来的伤亡事故就有五六起。在我们气象组考察期间，也遇到了不少困难险阻。

雨中翻越片马垭口

片马垭口位于横断山脉西坡，海拔3200米左右，它是通向横断山脉西坡的片马观测站必经之地。

1982年6月10日12时30分，我们在雨中离开了怒江傈僳族自治州政府所在地六库县城，驱车向片马垭口和片马气象站而去。雨不停地下，汽车只得以每小时20千米的缓慢速度在怒江河谷的崎岖山路上爬行。我们开始时沿着怒江河谷溯流而上，大约行走11千米后通过一座大桥，折而向南，开始爬山。云雾在山腰上缭绕，汽车常常穿入云中，云雾茫茫，很难辨认山路。司机小赵艰难地盯着前方，车速仅为每小时10千米左右。

当我们来到泸水县时，雨越下越大。在这样的天气下，前面的路能通行吗？我们都没有把握。为了安全，我们向当地人打听路况信息。当地人也没有把握，就连当地驻军的营部也只能说"昨天有汽车从片马过来"，目前状况如何不得而知。为了尽快把气象器材送过去，我们只好又继续盘山而行。汽车慢慢地爬，雨不停地下，汽车内鸦雀无声，大家似乎在问我：前面的路能走吗？我坐在驾驶室里，紧紧盯着前方，帮助司机瞭望。

▲ 刘增基在片马气象站教战士如何使用气象仪器
▶ 严江征在片马气象站讲解降水的观测方法

　　横断山脉地区天气多变。过了20余千米后，在一座山脊上，雨突然停了，座座山峰露出真容，白云浮在山腰，一幅美丽的图画展现在我们眼前。此时，雨过天晴的感觉似乎比任何时候的感觉都要强烈。我叫了一声"停车"，汽车停了下来。大家迅速跳下车，有人对着群山大喊："我们来了！"有人站在山脊上大声地喊："呵……"也许是被大雨压抑后的能量释放吧，大家都这样随意大喊着。

　　然而，好景不长，没有走出几千米，雨又开始下了，汽车又开始在云雾中缓缓地爬行。我们的心情又沉重起来了。前面不时可以看到有塌方的痕迹，但我们终于到达了片马垭口。当地驻军热情接待我们，我们很快把补充的观测仪器安装好，并向负责观测的战士办完了所有的交接事宜。片马垭口气象站观测仪器补充的任务终于完成了，我们明天的任务是到达片马气象站。

　　6月11日早晨7点30分，我们离开片马垭口，在雨中向着片

▲ 横断山脉雨后的云海
▶ 在中缅边境的界碑处值勤的战士

马前进。24千米的路程，我们足足花了1小时45分钟。片马气象站到了，刘增基同志负责气象观测仪器补充和培训工作，李副营长一直在刘增基同志旁边仔细地听，并要求战士一定要学好。

工作完成后，我们准备立即返回。李副营长一再留我们去中缅边境看看，我们只好跟随他向边境走去。雨不停地下。大约30分钟后，我们徒步来到了竖有界碑的地方。这儿是一片山谷中的水稻田，界碑就在水稻田间的一小块空地上，它的一面是中文的"中国"，一面是缅甸文的"缅甸"二字。

归途遇险

6月11日下午2时30分，为了及时赶回六库，我们只好在雨中离开了片马气象站。大约1小时15分钟后，我们回到了片马垭口。战士们热情地留我们下车喝水，我们也顺便看了看气象仪器的工作情况。

离开片马垭口后汽车盘山而下，云雾茫茫，山峰时隐时现，雨依然下个不停。我们也没有心情欣赏这云雾山中的美丽景色了，任务就是尽快赶回六库。一路上，我们以非常迅速的动作搬开了一处又一处阻挡我们汽车前进的大石头，向泸水县城前进。

好不容易走过了泸水县城，我们以为前面的路总该好一些了，但在前进的路上突然出现了一大片刚刚塌方的泥石流区，横七竖八的大石头阻挡了我们前进的道路。同时，山坡上仍然不时地在向下滚石头，汽车只好停了下来。我走到一块比较高的地方，仔细观察了地形地貌，发现可以搬开一条很窄的通道，也许能够过得去。我从高地上跳下来，大家也几乎不约而同地喊出了一个"搬"字！我们五个人都要动手搬，抢着往前冲。队员们喊："老高，你年龄大了，看着上面。"他们一边喊一边就搬起来了。总得有人监视山坡上的情况，这是野外工作的常识。我只好担任起瞭望的工作。山坡上不时有石头滚下来，打断我们的抢修工作。雨下个不停，我几乎全身都湿了，冷得直打哆嗦。

这时，我看见队友们拼命合力搬动一块大石头，好几次都没有搬动。我看得出，是小刘没有力气。我急了，大喊一声："小刘，让开！你来瞭望！"我冲上去，和其他三位同志一起齐声高喊着"一、二、三"，四人齐心合力，终于把这块大石头搬开了。

37

回六库的路上，大家一起搬开挡道的大石头，通过泥石流区

一条仅仅能够通过一辆小车的狭窄小路终于修通了。小赵小心地开动汽车，向着这条狭窄的路冲去。不好！车被卡住了！这是一块比较大的石头，我和王维、甄小英赶忙冲上去，使出吃奶的力气，高喊三声，总算把石头挪开了一点。汽车加大油门，吼叫着挤了过去，侧面则被这块石头剐出了一道深深的沟。

当我们脱离危险区回到车上，回忆起刚才拼命的情景时，大家都说不知道自己刚才是从哪里来的那么大的力气。我们正在议论，突然有人喊："赵彤，手流血了！"原来是刚才搬石头时赵彤把手划破了。这时，我们看看自己的手指，人人都有几个伤口，都在流血，现在才突然感觉到了疼痛。然而，经过紧张战斗后脱险的我们一会儿就把这点疼痛忘得一干二净了，气氛也越来越活跃。赵彤风趣地说："我的任务就是要把我们的五朵金花安全运回北京。"

到达六库已经是晚上8时40分了，大家又累又饿，每个人差不多吃了6两米饭外加两个菜。高兴之余，我们五个人还喝了二两白酒，以庆贺胜利。

冲过泥石流区

回到六库的当天晚上，司机赵彤感冒发烧，甄小英和王维的身体也不太舒服。我让他们吃点药，好好休息。两天来，赵彤的体温一直在38℃以上，我们只好把他送到军分区医院住院治疗。显然，这是前几天因去横断山脉西坡补充气象仪器而生的病。虽然我们完成了补充片马和片马垭口气象观测站仪器的任务，但补充独龙江气象观测站仪器的任务还没有完成呢！甄小英的感冒也没有痊愈，再这样等下去，任务恐怕就难以完成了。我决定请求军分区援助。

军分区很支持，派了一个老司机小杨送我们去贡山。

6月14日，我把甄小英留下照顾赵彤，刘增基、王维和我于9时从六库出发，军分区小车班的班长小杨驾驶着我们的小车，向着贡山前进。小杨技术好，对道路也很熟悉，车子在崎岖的山路上以每小时30～40千米的速度前进。我们沿怒江河谷溯流而上，这里依山傍水，风景的确美丽，但险情也不时出现。

汽车刚刚过了碧江县城不多远，在大约194千米路碑处司机突然把车停下。原来，前方正在发生泥石流，大小不等的石头

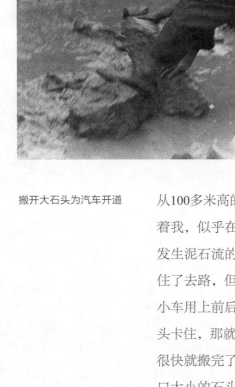

搬开大石头为汽车开道

从100多米高的山坡上向下滚落，公路上也堆起了泥石。小杨望着我，似乎在问"怎么办"。我说了声"前面看看"，便向正在发生泥石流的地方走去。我看到前面的路上，有几个大石头挡住了去路，但这几个石头是可以搬动的，搬开这几个大石头，小车用上前后加力也许能够冲过去。然而，如果冲不过去被石头卡住，那就危险了。我下决心说："搬！"大家开始搬石头，很快就搬完了。我们正要准备试试看，突然山坡上滚下一块碗口大小的石头，冲着我们飞来。我抬头监视着这块石头的移动轨迹，认为它似乎不会落在我们的身边。可是，情况突然变化，这块石头遇到一块更大的石头后改变了运动方向，直奔我和王维而来。我们赶紧往前闪开，石头"呼"的一声从我背后一米远处飞下，溅了我和王维一身泥。"好险！"我们不约而同地喊起来。

这块飞石像一盆冷水浇在我们头上，大家的情绪又低落下来，我也一时拿不定主意。山坡上似乎又平静了，不像有大石头飞下的征兆。大家不说话，静得让人难受。我的直觉告诉我，不能在这儿久待。我突然高喊："加大马力，冲过去！"司机发动了汽车，汽车如脱缰的野马吼叫着冲了过去，掀起的一层层泥浪涌向公路的一侧。我们终于冲过去了！

冲过这段泥石流区，大家都对司机的胆量和高超的驾驶技术赞叹不已。刘增基也来了兴致，他拍拍照相机说："光荣的档案都在我这儿呢！"大家都乐了，汽车又以较快的速度前进了。

快到贡山县城时，司机突然又减慢了速度，大家立刻紧张地探头向车外观望。原来，在前面大约200米长的一段路上，路的两侧横着一块又一块的巨石，道路被这些巨石砸了好几个一米来深的大坑，路旁的电线杆全被摧毁，情景令人不寒而栗。我从驾驶室的车窗往外看，山坡上云雾缭绕，看不出这些巨石从何处而来。"真险啊！"我心里想，"任何一辆车在通过这200米路段时遇到这些滚石，后果都不堪设想！"此时，谁都不说话，谁的心中都清楚，只盼着我们的车快点通过这道"鬼门关"。

我们终于通过了。

下午5时左右，我们到达贡山县驻军的营部，见到了杨营长，立即汇报了我们的工作，请求营部派出战士和我们一道去独龙江。王维于1981年已经来过这儿，与营长很熟悉。他是那年和严江征一道去建立独龙江气象观测站的。

营长听了我的汇报后很长时间没有说话。他拍拍王维的肩膀，沉重地说："不简单！好样的！"我不知道营长是什么意思，没有插话，静静地等待着。营长似乎在思考什么，过了一会儿他说："你们这些科学家今年又来这儿，还要进独龙江工作，不简单啊！我应该支持你们。"原来，他刚才对王维说的话是这个意思，我脑海里的谜解开了。"不过，这几天一直下雨，进去很困难。营部的马全部被电视台借用了，听说他们也没有录到什么像，因为天天下雨。"营长建议我们在这儿等待，他会通知独龙江驻军连部，明天让气象观测的战士跟随电视台出来，带上观测资料，就在这儿培训，学会观测温度和湿度的方法。鉴于此，我们也只好接受营长的建议了。

尽管小心翼翼，但我们也曾经在横断山脉虎跳峡附近翻过车。要安全走进走出横断山脉地区，恐怕不比走进走出蓝月亮山谷容易啊！

在横断山脉虎跳峡附近翻车的情景

走近南迦巴瓦峰地区

由于登山科学考察事业的需要，我在1982～1984年期间多次走进南迦巴瓦峰和加拉白垒峰，亲近这里的山山水水、一草一木，熟悉了这里的云雾风雪，特别是逐渐摸透了"雷电如火燃烧的神峰"的脾气，为人与神峰的亲近慢慢开辟了通道。当然，在科学考察工作的同时，我仍然暗暗注意把它与"蓝月亮山谷"进行对比。

云遮雾罩难识真容

南迦巴瓦峰是中国西藏林芝地区最高的山，海拔7782米，高度排在世界最高峰行列的第15位，但它前面的14座高山全是海拔8000米以上的山峰，因此南迦巴瓦峰也是7000米级山峰中的最高峰。南迦巴瓦峰有许多其他传称的名字。因其巨大的三角形峰体终年积雪，云雾缭绕，尤其是在雨季很难露出真面目，所以被称为"羞女峰"。南迦巴瓦的藏语拼音是"namjagbarwa"，"namjag"直接翻译为"雷"或"铁"，也可理解为"雷电"，"barwa"是"燃烧"的意思，合起来有"雷电燃烧"之意，因此，南迦巴瓦峰有"雷电如火燃烧的神

南迦巴瓦峰被称为"雷电如火燃烧的神峰"

43

▲ 南迦巴瓦峰峰顶被浓积云笼罩,被称为羞女峰
▶ 透过罩在山脊的云带隐约可见南迦巴瓦峰峰顶

◀ 从色齐拉山口远眺南迦巴瓦峰
▼ 从南坡大本营看南迦巴瓦峰

探秘大香格里拉

峰"之说。南迦巴瓦峰还被称为"直刺天空的长矛"，这来源于《格萨尔王传》中《门岭一战》对它的描写，因此也传称它为"直刺天空的长矛"。我认为，从南迦巴瓦峰北面眺望主峰，其陡峭的地形地貌用"直刺天空的长矛"来形容也是非常符合的。

南迦巴瓦峰位于雅鲁藏布江自西向东奔流转为由北向南流动的大拐弯的内侧。来自印度洋的暖湿气流沿着布拉马普特拉河—雅鲁藏布江河谷溯江而上，流经它和加拉白垒峰之间，向着青藏高原腹地输送暖湿水汽，从而改变了青藏高原东南部的气候与环境状况。这使得南迦巴瓦峰的南北两侧几乎具有相同的气候带和自然带。除了南坡最低处具有的河谷准热带季风雨林带外，其余7个气候自然带（山地亚热带常绿阔叶林带、山地准亚热带常绿阔叶林带、山地暖温带针阔叶混交林带、山地寒温带针叶林带、亚高山寒带灌丛草甸带、亚高山寒带草甸带和高山寒冻带）在南北两侧都有分布，且分布的高度差异不大，一般是南侧的分布高度略低。显然，它与珠穆朗玛峰南北两侧的气候自然带分布不同。

难识南迦巴瓦峰真容有两层含义。其一，由于南迦巴瓦峰和加拉白垒峰位于雅鲁藏布江流向折转的大拐弯处，来自印度洋的暖湿气流源源不断地向这里输送暖湿水汽，其水汽输送强度与夏天从长江南岸向北岸输送的水汽强度相近。如此强大的水汽输送在受到强烈的地形抬升作用影响下，往往在这里形成茫茫云海，带来很大的降水。与此相应，南迦巴瓦峰和加拉白垒峰经常云遮雾罩，很难目睹真容。其二，特殊的地形条件和特殊的水汽输送状况，使得两座山区的天气气候条件较为复

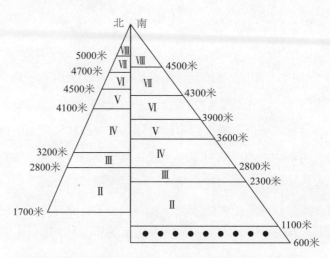

北　南

5000米 Ⅷ
4700米 Ⅶ　Ⅷ　4500米
4500米 Ⅵ　Ⅶ
4100米 Ⅴ　　4300米
　　　　Ⅵ　3900米
　　Ⅳ　Ⅴ　3600米
3200米
2800米　Ⅲ　Ⅳ
　　　　Ⅲ　2800米
　　Ⅱ　　　2300米
1700米
　　　Ⅱ
　　　　　1100米
　●●●●●●●●●　600米

●● 河谷准热带季风雨林带	Ⅱ 山地亚热带常绿阔叶林带
Ⅲ 山地准亚热带常绿阔叶林带	Ⅳ 山地亚热带常绿阔叶林带
Ⅴ 山地寒温带针叶林带	Ⅵ 亚高山寒带灌丛草甸带
Ⅶ 亚高山寒带草甸带	Ⅷ 高山寒冻带

南迦巴瓦峰南北两侧气候自然带分布（彭补拙，1996年）

杂，要认识其变化规律并做出准确的天气预报也很难，即认识其"庐山真面目"很难。

　　1983年3月5日，我第一次来到南迦巴瓦峰南坡的大本营，这里的海拔高度是3520米。在珠穆朗玛峰北坡大本营，这个季节可以经常看见珠穆朗玛峰。然而，在当年3月5～16日的10多天中，这座"羞女峰"却很少露出真容，常常云雾缭绕。根据我的观测统计，在这11天中，有9天下雪，可以见到南迦巴瓦峰的机会只有3次，每次的时间也不长。1984年3月16日～4月16日，我每天于8、14、20时观测南迦巴瓦峰山体被云遮蔽的情况，在96次观测中，能够看见南迦巴瓦峰的次数为25次，占20%。

▲雅鲁藏布江水汽通道上茫茫云海

▼南迦巴瓦峰（主峰和卫峰）经常处于云雾之中，很难见其真容

▶南迦巴瓦峰峰顶的砧状积雨云，宛如银白色王冠（张江援摄）

▼南迦巴瓦峰峰顶的旗云劲吹、下压，预示峰顶风速大于7级，不宜登顶

47

云海相伴的加拉白垒峰

在雨季，几乎不可能见到南迦巴瓦峰和加拉白垒峰。

南迦巴瓦峰和加拉白垒峰都是偶尔露真容的神峰，即使在3～4月的旱季也是如此。正因为这座神峰很难见到，每当她偶尔露真容的时候，我们都会用相机把她的真容留住。

频繁的降雪与雪崩

由于雅鲁藏布江下游的水汽通道作用给青藏高原东南部带来巨大的降水，南迦巴瓦峰地区的年降水量高达2000～4000毫米，而且，由于雅鲁藏布江下游水汽通道是围绕南迦巴瓦峰作了一个马蹄形的大转弯，即首先围绕南迦巴瓦峰自东南向西北，经过山脉东侧绕向东北方向后再转而向西，因而南迦巴瓦峰南北两侧的降水差异不大。因此，对于亲近南迦巴瓦峰的朝山者而言，无论是从南坡还是从北坡亲近顶峰都必须注意高山

探秘大香格里拉

降雪与雪崩带来的威胁。

目前，对于高山地区的雪崩还没有较好的预报方法。但是研究和统计表明，产生雪崩的条件主要有三个：第一，要有积雪的地形条件和利于积雪崩塌的陡峭地形；第二，要有大的降雪；第三，要有某种触发条件。

1984年3～4月，我在南迦巴瓦峰地区科学考察期间，为了更有效地研究人们如何能够更安全地亲近山峰，与董建斌队友合作，分别在大本营和2号营地（海拔高度4950米）观测记录雪崩发生的时间和次数，分析了雪崩与降水的关系。

南迦巴瓦峰的登山大本营位于该山峰的西南坡，海拔高度3520米，在1984年春季攀登南迦巴瓦峰时，从登山大本营营地到其卫峰乃彭峰峰顶之间共设立了5个营地，其中，在2号营地

与山脊平行的云带把南迦巴瓦峰装扮得分外神秘

西北侧的喇叭口是雪崩发生次数最多的地方，海拔高度4950米的2号营地是观测喇叭口雪崩的最佳位置。

根据我的粗略统计，在南迦巴瓦峰山区，大本营有大的降雪之后，容易出现雪崩，尤其是在2号营地更容易观测到喇叭口处的雪崩。例如，在1984年3月26日晚至27日晚，大本营降雪11.1毫米；一天之后，在3月28～29日，大本营观测到4次大的雪崩；同时，在2号营地新积雪深度达到20～30厘米，28日观测到4次较大的雪崩，而29日的雪崩更为频繁，共发生45次，其中有10余次大的雪崩。

又如，1984年3月30日到4月4日之间，大本营的降雪一直不停，尤其是4月1～2日的降雪量达到9.6毫米；与此相应，大本营也几乎每天都观测到了雪崩（4月3日除外），而在2号营地每天都观测到了雪崩，特别是在4月4日，也就是在4月1～2日的大降雪之后，在喇叭口一带有9次特大雪崩，其中最大的一次发生于当日下午7时，估计因雪崩而产生的雪流量有25万立方米以上。另外，根据3号营地登山队员的报告，在4月2日至3日，在3号营地新降雪的积雪深度达到60厘米左右。

在1984年3月27日之前以及在4月5日之后，2号营地没有雪崩的观测资料，难以讨论大本营降水与雪崩发生的关系，然而，从大本营观测到的雪崩资料也能为登山者提供一些科学依据。例如，1984年3月14日，大本营降雪3毫米，一天之后，即在3月16～17日，大本营观测到3次雪崩；3月19～21日，大本营降雪21.3毫米，一天之后，即在3月23～26日，大本营观测到6次雪崩；4月17日，大本营降雪6.3毫米，一天之后，即4月

19日，大本营观测到2次大的雪崩。

有时，一次降雪后的短暂时间内也能出现短暂的雪崩。例如，1984年4月1日下午4时30分～7时58分，大本营降雪3.8毫米，约1小时之后，大本营观测到3次小的雪崩。

总之，在大本营出现大雪一天之后和三天之内，南迦巴瓦峰山区容易出现雪崩，尤其是在海拔高度5000米附近的喇叭口更容易出现大的雪崩。这是朝拜南迦巴瓦峰的朝山者必须警惕的！

从另一方面来看，在南迦巴瓦峰大本营连续几天没有降水或少量降水时，不容易出现雪崩。例如，1984年4月10～16日，大本营只有不到1毫米的降水，在此期间只观测到1次小的雪崩。

长期以来，喜马拉雅山脉东端的南迦巴瓦峰和加拉白垒峰往往与世隔绝，直到1992年之前都是没有人问鼎的处女峰。另一方面，南迦巴瓦峰和加拉白垒峰都位于雅鲁藏布江下游水汽通道两侧，水汽通道作用带来的山区频繁的降雪往往形成不同程度的雪崩，不利于亲近上述两座山峰。即使现在，人们在远远地仰望她们时都仍然怀着无比敬畏的心态！也许，她们铭刻于人们心目中的是一座让人敬畏的神秘王国。

笔者一直认为，在我们的地球村里适当保存一些这样的神秘王国是我们亲近大香格里拉的科学内涵之一。

走近雅鲁藏布大峡谷

从1983年开始，由于科学考察工作需要，我曾经与队友们多次走进雅鲁藏布大峡谷，但直到1998年徒步穿越雅鲁藏布大峡谷才逐渐认识、亲近雅鲁藏布大峡谷。

鉴赏从极地到热带的自然景观

由于布拉马普特拉河—雅鲁藏布江河谷的水汽通道作用，印度洋暖湿气流源源不断地沿着河谷溯江而上向青藏高原腹地输送暖湿水汽，改变了青藏高原东南部的气候自然环境，使得雅鲁藏布大峡谷地区成为非常独特的气候自然环境区域，加上这儿的

51

深切峡谷地形神秘莫测，让人们望而生畏。

事实上，要走进走出雅鲁藏布大峡谷，尤其是它的最北端大拐弯核心河段，其艰难程度、其神秘特色不仅是蓝月亮山谷无法比拟的，就是在地球上也很难找到与其匹敌的地方。

根据科学家多年考察研究，在雅鲁藏布大峡谷地区，尤其是在它的核心河段，地形和自然环境条件不利于人们亲近它，我们就应该回避它。

然而，在核心河段以外的其他地区，在人类容易亲近的地方，不妨邀约朋友轻轻地通过，慢慢地欣赏，不要惊扰了自然界的安宁；亲密地走近，诚挚地访问，走近美丽而淳朴的大自然……

要充分鉴赏雅鲁藏布大峡谷垂直自然带分布的奇观，最好是从西藏林芝地区的派乡转运站出发，乘车到达海拔3800米的松林口。为了避免午后的风雪危害，务必在当地正午时间前翻越海拔4200米的多雄拉山口，然后沿着喜马拉雅山脉南坡下到西藏墨脱县地区。

从多雄拉山口步行到墨脱县境内大约需要3天。在这3天内，你可从高山冰雪带到达低河谷热带季风雨林带，宛如从我国东北来到海南岛，或者说从极地到达热带地区，去鉴赏齐全完整的垂直自然带景观。

在多雄拉山口附近的亚高山地带，在雪线附近的碎石中，一朵朵毛茸茸的喜马拉雅雪莲迎风挺立着，苔藓、地衣等灌丛草甸匍匐地面，五颜六色的草甸构成了高山花园，独具风韵。

从多雄拉山口往下，进入大峡谷的高山灌丛带，它主要由

珠峰南坡海拔3800米附
近的杜鹃花

常绿的杜鹃组成。在这面积不大的区域内，引人注目的高山杜鹃竟有154种，占我国杜鹃总种数（我国约有530种，全世界约有900种）的30%。高山杜鹃翠绿欲滴的叶片、娇艳无比的花朵，给人们带来喜马拉雅山的清新色彩和大自然气息。当春天的和风细雨唤醒大峡谷满山遍野的杜鹃花时，就像无心倾倒了画家的颜料瓶，殷红、鹅黄、粉白、靛紫……各种颜色随意地泼洒到那碧翠的山坡上，在蓝天、白云和雪山映衬下，那规模巨大的色彩斑斓以其磅礴气势给人以强烈的心灵震撼。假如你从雪山上俯瞰，那盛开于山坡的杜鹃花海是何等的壮观！

53

沿山而下，不知不觉中景观慢慢地变了：四周不再是皑皑白雪，而是漫山遍野的绿，这就是高山灌丛草甸带。在6月初，你会看到各色杜鹃竞相开放，陪伴它们的有垫状方枝柏、高山柳和黄花的锦鸡儿等，组成一个个垫状的花丛或一个个圆圈状的花环；更有那塔状的金黄色大黄，在这绿草铺起的花的海洋里亭亭玉立。夏季，高山亚高山草甸是最适于牦牛的牧场。秋季，美丽的草甸依然残存了几分春天时的风姿，片片龙胆花如蓝色的玉石镶嵌在厚厚的草丛中；迎来春天的报春花虽然已经过时，但它们仍然静静地为迎接下一个春天做着准备；垂头菊低垂着脑袋，似乎在追忆刚刚逝去的灿烂青春。

再向下走不多远，便是高山、亚高山常绿针叶林带，它主要由冷杉和铁杉组成。郁郁葱葱的冷杉和铁杉林构成高大挺拔、塔状高矗的景观，茫茫林海蕴藏着丰富的森林资源。这里的冷杉树高达三四十米，胸径有40厘米左右，常青的冷杉林渲染着一份秋韵。林下有弯弯曲曲生长的乔状杜鹃，它们要比生长在雪山下的那些杜鹃高多了，红的、乳黄的、粉的、白的，甚至带有香味的各式杜鹃，硕大的花朵缀满枝头。这里才是杜鹃的家乡。此外，林下还有忍冬、荚迷和五加等灌木，它们一起填补着林中的空白。

铁杉林分布在比冷杉林海拔低的地方，长得更加高大粗壮，高达五六十米，胸径1米以上。这里水热条件更宜于树木生长，林下的杜鹃更高更大，有的竟高达10余米，胸径超过20厘米，它们被称作"乔木状杜鹃"。黄绿色的松萝牵连悬吊于铁杉树枝之间，给森林染上一种朦胧感；当云雾缭绕森林时，来到这里的人们更有进入童话仙境般的神秘感觉。据说松萝也是宝，它能入药治疗哮喘和气管炎等。林下的地面柔软如毯，那是苔藓层。松萝、苔藓的存在，表明这个高度带的空气已经相当潮湿了。

继续向下走，就进入了山地常绿、半常绿阔叶林带。在这里，高低错落、富有层次的圆形或球状的树冠让你体验到它的浓郁和浑厚，体验到它的强大生命力。青冈树是半常绿阔叶林的霸主，它们那馒头似的树冠遮蔽了整个森林，使林子郁闭阴暗，树上附生植物发达，一根树干上竟会生出截然不同的几种树叶，而却看不到树木本身的叶子。攀援植物和空竹等藤本竹类长势旺盛，它们在森林中肆无忌惮地攀爬。蕨类植物也疯长着，侵占着每一点可能的空间。苔藓在这里长势更猛，吞噬着每一寸地面和树干，每棵树都裹着一层厚厚的苔藓，其中夹杂着羽叶薄而透明的膜蕨。有人称这种林木为"苔藓林"或"雾林"。这种森林的上层乔木会在旱季末雨季初集中脱换树叶，构成一种罕见的自然奇观，半常绿阔叶林也由此得名。

再往下行，则进入常绿阔叶林带。栲是常绿阔叶林的优势品种，栲树林的郁闭度很高，一年四季群落外貌保持不变。栲树林下有滇丁香、紫金牛等灌木。即使进入冬季，也能看到盛开的滇丁香，它的花朵较小，白里透着粉红，是一种很好的冬花植物。

离开刺栲林，就要进入低山、河谷季风雨林带了。这里的季风雨林不同于赤道附近的热带雨林，它是在热带海洋性季风条件下形成的有明显季节变化的雨林生态系统。这里林冠参差，组成复杂，可说是丛林郁闭，阴暗潮湿，藤蔓交织，幽兰蕊香，那环境与我国的海南岛、西双版纳相仿。高大的乔木，如千果榄仁、阿丁枫、天料木、尼泊尔桤木等高达三四十米，有些树干基部常有板状根。这些高大乔木之间还生长着印度栲、蒲桃、厚壳桂、黏果榕等稍矮一些的乔木，还可以见到野芭蕉、桄榔和叶如鱼尾的鱼尾葵，以及原始古老的树蕨——杪椤。在蓝天白云的映照下，鱼尾葵的墨绿色尾叶如鱼尾在摆动游弋，杪椤似羽状的枝叶像一把撑开的伞高高地耸立着。在热带季风雨的淋滴下，河谷山坡次生的野芭蕉林让人感受到热带雨林的氛围。

55

墨脱河谷适宜植物生长，南瓜可长到十几斤重

在季风雨林中，藤本植物四处攀援，藤长可达数十米，当地门巴、珞巴人常常用它们来编织。例如通过峡谷的藤网桥就是用它们编织的，构成世界桥梁史上的一绝。附生植物更是丰富，兰科植物随处可见，水龙骨倒悬在树干上，巢蕨就像鸟的巢穴一样生长在枝杈间。地面上生长着冬叶、艳山美、楼梯草等草本植物。

在墨脱河谷，人类活动相对集中，皆为门巴、珞巴人，村落多聚居或分散在不同高程的河谷台地上，与外界较隔绝。村边地头的芭蕉林、蔗园、竹丛在季风雨下滴翠，潇潇洒洒。野生的柠檬、香蕉、柑橘长势良好。一片片、一垅垅水稻镶嵌在河谷平台梯田上，这里可种双季稻。缓坡上的蔓稼、旱稻也生长得很好，主要用作酿酒的原料。村边的菜园子里，硕大的金黄色的南瓜可长到十几斤重。红得发亮的辣椒，香辣两味俱全，更是这里的特产，是外出交换的一种主要农产品。在低河谷季风雨林的环境中，生活着一种驼牛，牛背上有骆驼状凸起。这里还有孟加拉虎，西藏林业局的刘务林处长多次进墨脱看到过老虎，甚至在靠北的墨脱县城和德头区的河滩上也见到过老虎和眼镜王蛇。据他调查，在墨脱县境内现在还生活着十几只老虎呢！我们在考察中也逮到过正孵卵的眼镜王蛇。还有锦蛇、烙铁头、银环蛇、竹叶青、犀鸟、太阳鸟和各种树蛙，昆虫更是不计其数。1998年12月，就在墨脱河谷喜马拉雅山的北坡曾采集到原始的珍稀昆虫——缺翅虫，这是一种新记录的地理分布。

在墨脱地区雨林中藤蔓交织，使人难以通行；雾林中密蔽阴暗潮湿，让人难辨方向；旱蚂蟥到处都是，构成立体的全方位进攻，粘满你的双腿；一种火麻植物在你一不留神时就会刺入你的裤腿，扎伤你的手背，让你许久都忘不了。不过在1998年徒步穿越中，队友们用"清凉油"涂抹伤口后立刻就能缓解火麻产生的刺痛。当然，也会有植物给你带来欢乐，渴了有野果吃，像悬钩子、野广柑、香蕉、水东果等。这里，不过是墨脱植被的一个轮廓，实际上它远比任何所能想像的更丰富、更多彩，因为它是西藏的"西双版纳"，是植物的王国。

沿着这条路线，是世界上山地垂直自然带最齐全丰富的地方。我尊敬的叶笃正老师称赞这里是研究全球气候变化的缩影。

在百花园中踏青

春天，尤其是4月，雅鲁藏布江的两条主要支流帕隆藏布江和易贡藏布江河谷，不仅是桃花盛开的长廊，而且还是百花盛开的花园。这百里长廊的桃花源甚至可以延伸到雅鲁藏布江中游河谷。

1998年4月，我们预察雅鲁藏布大峡谷，沿帕隆藏布江河谷来到了波密—通麦—扎曲，沿易贡藏布河谷来到易贡湖，还从林芝沿雅鲁藏布江中游河谷返回拉萨。沿途印象最深的就是数百里河谷中的桃花源以及盛开的各种鲜花。

从古乡往下游漫步，帕隆藏布江河谷中的桃花比比皆是。无论是在公路两旁、农舍四周、田园堤畔，还是在绿树成荫的山麓，到处都是鲜花盛开的桃树。即使到了雅鲁藏布江中游仍

帕隆藏布江畔，云雾弥
漫，桃花盛开

▲ 雅鲁藏布江中游两岸
绽放的桃花
◀ 被盛开桃花装点的帕
隆藏布江河谷

探秘大香格里

虎头兰

艳丽却有毒的天南星

野生的花椒树

绽放的兰花

十大功劳的果实

帕隆藏布江畔的杜鹃花

金黄色的野姜花

帕隆藏布江畔盛开的虎头兰

探秘大香格里拉

一树同开
两色花

然可见河谷两岸盛开的桃花。

这些桃花树都是野生的，据说树龄大多在几十年以上。为什么在帕隆藏布河谷几百千米的长廊中生长着如此繁茂的桃林呢？当然，雅鲁藏布江下游的水汽通道作用为桃树的生长提供了有利的气候环境条件，这是不言而喻的。当地藏族同胞介绍，这里的居民都很爱护桃树，从来不去砍伐；另外，这里的野生动物，如野猪、野牛等喜欢囫囵吞食落地的野桃，然后通过粪便再播撒种子。于是，沿着帕隆藏布江河谷的百里长廊上就形成了经久不衰的桃花源。

在帕隆藏布江河谷，除了百里长廊上的桃花外，那河谷两侧山坡上的杜鹃花又是一片花的世界了。各种各样的大叶杜鹃花和小叶杜鹃花争艳齐放，令人流连忘返；奇特的兰花品种也让人不时留驻。河谷中一片片的油菜花，洋溢飘香于河谷中的野花椒、姜花，一颗树上开出两种颜色花朵的野花，鲜艳而有毒的南天星，可以入药的十大功劳……令人仿佛坠入了花的海洋。

在易贡藏布河谷，最令人难忘的是散发出清香茶味的大片茶园。采茶忙的时候，身着五色罗裙的藏族姑娘点缀在碧绿的茶园中，远远望去宛如仙女飘荡在绿色的海洋上。

欣赏大峡谷中大大小小的急拐弯

位于青藏高原南部的雅鲁藏布江，自西向东滚滚流动在海拔4000多米的高原上，成为世界上海拔最高的河流。当它流淌至西藏米林县派区后，喜马拉雅山脉东端的最高峰、海拔7782米的南迦巴瓦峰阻挡了它的去路，它被迫改变流动方向，先折

▲　空中俯瞰雅鲁藏布大峡谷大拐弯（杨逸畴提供）

▶　大峡谷中的又一个大拐弯（关志华摄）

向东北，再转向东南，围绕南迦巴瓦峰流动，然后转向西南，最后倾泻南下，作了一个奇特的大拐弯，并以其坚韧的毅力逐渐在喜马拉雅山脉上切开了一条长达500余千米的深切峡谷，这就是举世闻名的世界第一大峡谷——雅鲁藏布大峡谷。

在晴好天气条件下，如果乘坐直升机飞越雅鲁藏布大峡谷上空，最好首先尽可能地抬高飞行高度，居高临下，俯瞰这长达500多千米的奇特大拐弯的全貌。那绿油油的幽深峡谷以其温柔弯曲的躯体环抱着"雷电如火燃烧的神峰"——南迦巴瓦峰，切断了加拉白垒与南迦巴瓦之间的亲密接触。传说南迦巴瓦峰是"雷电如火燃烧的战神"，英勇善战，所向无敌，为不少女神倾慕，雅鲁藏布大峡谷和加拉白垒两位女神都是他的倾慕者。温柔机智的雅鲁藏布大峡谷女神施展绝技，以温柔弯曲的躯体不仅紧紧环抱着"雷电如火燃烧的战神"，而且硬生生地把加拉白垒女神分割在水的另一方，永远与"雷电如火燃烧的战神"隔岸对望。

俯瞰神奇的雅鲁藏布峡谷的大拐弯，美！体味自然界神灵之间的爱情故事，美！

可能的话，可以逐渐降低直升飞机的飞行高度，或者用望远镜慢慢欣赏这雄奇大拐弯中一个又一个的小型急拐弯。如果我们把整个大拐弯视作一个大波动，那么，其中的若干小拐弯就是一个又一个镶嵌在大波动上的小波动了。

地质地貌学家分析，雅鲁藏布大峡谷的大拐弯在纵向上是由一系列直角小拐弯组成的一个大拐弯，它在横向上则自上而下呈多个V形峡谷叠套，这就在谷地内生成多级成层地貌。

63

最直观地欣赏大峡谷神奇拐弯的途径莫过于步行到雅鲁藏布大峡谷最北端的扎曲。

春秋季节，尤其是4月和11月是访问扎曲的最好季节。从林芝县排龙乡所在地排龙出发，沿着帕隆藏布江顺流而下，经过玉梅，徒步两天可以到达扎曲，去体验欣赏雅鲁藏布大峡谷的大拐弯风光。出发前，带上必备的野外装备和生活用品，特别记住穿好预防旱蚂蟥的布袜和戴好预防荨麻的手套。

第一天，从排龙到玉梅，约20千米。途中要注意防止荨麻和旱蚂蟥袭击，并注意安全通过一处滑坡区。

在一条羊肠小道上，道路两侧生长着茂盛的野草，其中最有刺激性的是荨麻，一不小心和你的皮肤接触，就会让你长时间痒痛难忍。不过，我们通过实践已经有了对付它的好方法，那就是用风油精涂抹，几分钟后即可消除痒痛。在这条小路上，雨后天晴时是旱蚂蟥活动的最盛期。不过，只要穿好布袜，扎紧袖口领口，途中休息时先检查一遍衣服上是否停留有旱蚂蟥，一般不会被旱蚂蟥吸血。旱蚂蟥一旦叮住，吸起血来是很不客气的。我多次去过扎曲，但至今还没有被旱蚂蟥咬过的原因之一就是勤检查。

在离玉梅不远处，有一处滑坡区，雨后容易滑坡，难以通过。通过时，必须先派出有经验者勘测道路，必要时修建临时通道，保证安全通过。

当晚，住宿在玉梅。这里有一片又白又细的河沙滩，搭起

▲ 停下后要首先检查旱蚂蟥
▶ 旱蚂蟥吸血可狠啦（金辉摄）
▼ 穿好长布袜不怕旱蚂蟥（严江征提供）

▲ 玉梅的温泉清澈见底
◀ 在玉梅露宿于帕隆藏布江畔的沙滩上

65

帐篷，燃起篝火，在旁边的温泉中沐浴后，聆听帕隆藏布江上的风涛声，静赏明月下的风光，切切实实地亲近大自然。

第二天，在经过最后一座吊桥后折向东，在翻过一座相对高差约400米的山坡后，到达世界第一大峡谷的大拐弯最北端扎曲。

这里是大峡谷最靠北、最大、最美的一个大拐弯。雅鲁藏布江自西而来，受南迦巴瓦峰地形的影响，转而向东北，流过南迦巴瓦峰，再急转南下。站在扎曲的最高处，用20毫米的镜头便可把整个大拐弯囊括其中。你可以坐下来好好欣赏雅鲁藏布大峡谷之春，你也可以下到谷底拍摄雅鲁藏布大峡谷之秋。晴天的早晨，你可拍摄到云雾缭绕的雅鲁藏布大峡谷。有时，那红彤彤的朝霞会洒在雪白的加拉白垒峰上，洒在东喜马拉雅群峰之上；有时，晚霞也会笼罩在东喜马拉雅群峰之上。峡谷中的彩虹即使在深秋也会出现。明月之夜，你会拍摄到月光下的营地和皑皑雪山的合影；即使已进深秋，但在早晨往往会目睹云雾从峡谷中冉冉升起，慢慢形成云海，煞是美观！晴天的早晨，你仍然会看见南面远处的积状云。

扎曲村位于世界第一大峡谷大拐弯的最北端，是门巴族聚居的小村庄，友好的门巴族同胞会热情地邀请你光临做客，那是我们亲近大峡谷大拐弯处乡亲的最好时机。

从扎曲返回时，一般说用一天的时间就可以回到排龙。

▲ 秋天的雅鲁藏布大峡谷
▶ 雅鲁藏布大峡谷之春
▼ 从扎曲眺望雅鲁藏布大峡谷的
最北端

▲ 加拉白垒峰的朝霞
▶ 从扎曲看东喜马拉雅山脉的彩虹
▼ 东喜马拉雅山脉的晚霞

68

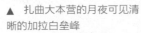

▲ 扎曲大本营的月夜可见清晰的加拉白垒峰
▶ 早晨的大本营与云海
▼ 早晨云雾缭绕的大峡谷

▲ 扎曲是个美丽的小村庄
▶ 晴天早晨的大本营
▼ 扎曲最富的巫师家

探秘大香格里拉

初识香格里拉

一次又一次地走进喜马拉雅山脉地区（包括珠穆朗玛峰、南迦巴瓦峰和雅鲁藏布大峡谷地区），一次又一次地走进横断山脉，一次又一次地认识与亲近，已使我不仅仅满足于从表面上观测、欣赏"第三女神"珠穆朗玛峰、横断山脉、"雷电如火燃烧的神峰"和雅鲁藏布大峡谷的容貌风姿，而慢慢走进了她们的内心世界，逐渐相互知己，逐渐搭起了与其相通的桥梁。

越是认识亲近她们，越是对比认识"蓝月亮山谷"，我越是觉得她们可亲、可爱、可相知，她们越是成为我心目中远甚于"蓝月亮山谷"的理想世界。

扬起"哈达"暗示风云

藏族同胞崇敬"第三女神"，每年都要来到珠峰北坡绒布寺朝拜，献上圣洁的哈达，乞求女神降福于人类。有传说，每到明月之夜，在献给女神的哈达中，最真诚奉献者的哈达会冉冉升起，移向珠峰的顶部，系在女神头顶，随风飘动，宛如挂在顶峰的一面旗帜，那就是"旗云"。人们看到的挂在珠峰顶上随风飘动的"旗云"，正是若干年来无数真诚奉献者的哈达所组成的。"旗云"并不是日夜出现，只有当"第三女神"需要向人们提示时，她才扬起"哈达"，以不同的姿态来暗示珠峰山上风云的变化。若朝山者心诚意真、聪明睿智，便能从"旗云"的千姿百态中领悟风云的变化，遵照"第三女神"的示意，审时度势去亲近她；否则，若不按"第三女神"的示意一意孤行，则必将受到惩罚。

神话传说固然是传说，但其中却暗藏着传说者不明白的科学道理。我在珠峰度过了8个春秋，仔细观测、记录和拍摄了珠峰"旗云"的变化，领悟到了一些"第三女神"的示意，发现了"旗云"变化所蕴藏的某些科学真谛。

所谓"旗云"，实际上是在珠峰顶上不断生成的对流性的"积云"，它受高空强风的影响，随风飘动、起伏，远望宛如一面旗帜飘挂在峰顶。

在我国，最早在书面上提出珠穆朗玛峰"旗云"概念的是地理学界前辈徐近之先生。他在一本内部出版物中指出，"从珠穆朗玛峰东南面上升的潮湿气流和强烈的西风相遇时，山头遂有向东伸出的旗状云"。

8个春秋的观测研究表明，珠峰顶出现的"旗云"绝大部分

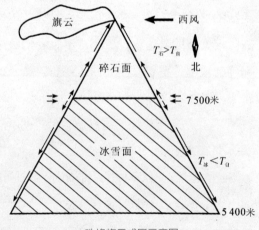

珠峰旗云成因示意图

是自西向东飘动，但当特殊天气系统来临时，"旗云"也会自东向西飘动。

根据笔者的研究，春季在珠穆朗玛峰北坡的日出后至日落前，在其峰顶附近容易出现旗云的原因主要有两点。其一，珠穆朗玛峰北坡海拔7000米高度以上有较大面积的碎石表面，在日出后和日落前，受太阳光照射，碎石表面的温度迅速升高，并远远高于同高度上自由大气的温度，形成显著的上山风（上升气流），将海拔7000米以下冰雪表面升华的水汽向山头输送，为云的形成创造了必要条件。其二，春季珠穆朗玛峰上空大气温度和湿度垂直结构所决定的云的凝结高度正好与其峰顶的海拔高度非常接近，致使生成的云正好位于珠穆朗玛峰峰顶附近，成为名副其实的珠穆朗玛峰的山头云。当峰顶风速较大时，这种山头云会挂在峰顶，随风飘动，形成旗云。

与上述相反，在珠穆朗玛峰北坡日出前和日落后，由于没有阳光照射，在海拔7000米高度以上，碎石表面上的温度远远低于同高度上自由大气的温度，形成下山风。没有成云的条件，珠穆朗玛峰山头很难有旗云出现。

珠峰顶上的"旗云"被称作"世界上最高的风标"。首先，从珠峰"旗云"飘动的方向可以判断珠峰顶高度附近（海拔8000～9000米）的风向；其次，从"旗云"顶部起伏的状态可以估计高空风速的大小。通过仔细观测研究"旗云"变化与天气和天气系统的关系，笔者发现，从珠峰旗云的状态不仅可以知道当天的天气，而且还可以预测未来一两天内珠峰地区的天气状况。若旗云自西向东疾驰，云的顶部起伏不大，并在离开

73

峰顶后云顶高度逐渐下降，那么高空西风风速在8级以上，当日不宜于登顶活动。1975年5月5～7日，由登山家邬宗岳率领的突击队在海拔8100～8600米的攀登过程中，峰顶的旗云正是呈现上述状态，海拔8000～9000米的风速在8级左右，邬宗岳不幸牺牲，攀登顶峰因大风阻挡而告失败。若珠峰顶部出现风吹雪，说明峰顶附近风速大于8级，不宜于攀登顶峰。如果珠峰旗云自东南向西北缓慢飘动，表示珠峰南侧有印度低压活动，一两天内会有大的降雪，不宜于攀登顶峰。如果珠峰顶的旗云宛如女孩的小辫子翘起来，表示峰顶附近风速在5～6级，可以攀登顶峰。如果珠峰顶部的旗云自东北向西南缓慢飘动，表明珠峰上空有高气压脊，风速在5级左右，不仅可以攀登顶峰，而且这种好天气维持时间长，可在3天以上，是攀登顶峰的最佳时段。如果珠峰顶部的云扶摇直上，表明风速小于5级，当然可以攀登顶峰，但这种小风的好天气维持时间不长，一般不会超过3天，攀登者要抓紧时间。如果珠峰西北侧上空出现密卷云系统，未来2～3天内会出现大风甚至降水，千万不要攀登顶峰。

如果珠峰上空万里无云，则很难判断是否可以攀登顶峰，必须释放探空气象仪器观测后才能够确定。

科学家和登山家在珠峰地区生活与工作，朝夕与"第三女神"相处，天长日久，人们和"第三女神"之间逐渐了解，逐渐相知，逐渐建立了默契。风雪交加的日子固然是"第三女神"的劫难日，晴空万里但"旗云"急速飘动之日，也是女神挺身斗恶风的时刻；"旗云"徐徐飘动，或珠峰顶部的云垂直向上，太阳高挂天空，则是"第三女神"在欢迎我们。

◀ 珠峰顶部旗云劲吹并下压，表明峰顶风速大于8级，不宜登顶
▼ 珠峰顶部风吹雪表明峰顶附近风速大于8级，不宜登顶

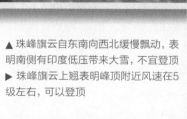

▲ 珠峰旗云自东南向西北缓慢飘动，表明南侧有印度低压带来大雪，不宜登顶
▶ 珠峰旗云上翘表明峰顶附近风速在5级左右，可以登顶

75

▲ 旗云自东北向西南飘动，是最佳的攀登顶峰时段

▶ 峰顶云扶摇直上，表明风速小于5级，可以登顶

▶ 万里无云时很难判断

▼ 珠峰西北侧出现密卷云，2～3天内将有大风和降水，不宜登顶

高山活动宜早出早归

人们在高山活动时至少受到两种因素影响，一是高山地面风速日变化，二是河水径流日变化。

统计结果显示，在高山地区，河水的径流量变化多半受冰川融水量大小的影响。在当地时间12时以前，冰川几乎没有融水，河水径流量不足全天径流量的10%，而当地时间下午2～8时，河水径流量占全天的90%左右。因此，高山活动者要趟水过河必须在当地时间12时以前完成，否则会带来生命威胁。

也许，这正是高山河流的脾气吧，按照她们的脾气去亲近她们，我们也就得到了应该的尊重——安全。

另外，根据青藏高原地面风速的日变化（即一天内24小时的风速变化）规律，下午地面平均风速要比早晨大，而且随着海拔高度增加，这种差异越来越大。例如，在海拔5000米，下午地面风速比早晨平均要大4～5秒/米，而在海拔8000米，下午地面风速比早晨平均要大9～15米/秒。因此，我们在1966年建议，攀登海拔8000米以上的高峰必须在早晨4点以前出发，在下午4点以前结束。目前，各国登山家在攀登珠峰时，已经提前到早晨2点以前出发，下午2点以前结束。这样作取得了相当满意的效果。

1966～1984年，我们在喜马拉雅山脉地区登山科学考察中发现了新的现象：在珠峰上空海拔8000～9000米高度风速小于8级宜于攀登顶峰期间，8000米高度的地面风速在下午比早晨更大，通常要高13～17米/秒。这更说明，在宜于攀登珠峰的期间更应该早出早归。

发送热量暖四方

冬季，人们围着熊熊的火炉吸取来自火炉的热量，得到温暖；在野外寒夜中烧火取暖，有经验的人往往喜欢位于篝火的下风方向。这是人们熟知的普通生活常识。

高海拔的山峰，包括"第三女神"珠峰、"羞女峰"南迦巴瓦峰，还有海拔8500米左右的"蓝月亮"卡拉卡尔峰等，都会以其慈善之心和至高无上的地位，经常把她们从太阳光里吸收的热量再扩散到四方，温暖着人类赖以生存的空气。

笔者曾经专门计算过珠峰对于大气的加热情况。结果表明，春秋两季，"第三女神"吸收太阳光热量，不仅部分融化了覆盖在自己身上的冰雪，以涓涓细水注入绒布河，浇灌河谷中的农田和牧场，滋润万物生长，还将大量热量向四周扩散，温暖四方。受益最大者是位于珠峰下风方向的空气。这与前面提到的位于篝火下风方向接受热最多的道理是相同的。

在位于珠峰东西两侧600千米相同纬度的地方，人们经过多年对气温变化的观测，发现了一个有趣的现象。

春秋两季，珠峰地区上空盛行着强劲的西风，在其东侧600千米处，在海拔6～10千米高度内的平均空气温度要比位于其西侧600千米处相同高度的空气温度高2～3℃。

夏季，珠峰地区上空转为盛行偏东风，情况完全不同了。位于其西侧600千米处海拔6～10千米高度内的空气温度反而比位于其东侧600千米处相同高度的空气温度高1℃左右。

这就说明，在春夏秋三季，凡是处于珠峰下风方向的空气温度都要比其上风方向同高度的气温高。

珠峰对大气的加热作用为什么如此显著呢?

根据我们在珠峰地区的观测资料,按照地表面与空气交换热量的公式,计算结果表明,在珠峰地区大约5000平方千米的范围内,4～7月向大气输送热量的功率可达1.5亿～2.0亿千瓦,接近我国长江三峡水电站每月的总发电量。如此巨大的热量传向下风方向,可使下风方向600千米内面积约12000平方千米上空的大气柱平均每天升温2～3℃。

上面简单的计算结果告诉我们,至少在春季和夏季,慈祥的"第三女神"时刻在用自己的身躯从太阳光中吸收得到热量,再去温暖四周的空气,尤其是下风方向的空气。

我想,与此相应,"羞女峰"南迦巴瓦峰和"蓝月亮"卡拉卡尔峰也会把她们从太阳那儿吸收的热量转送给她们的四周,温暖大气,温暖人类。

多么可敬可爱的"第三女神",多么可爱可敬的包括"羞女峰"和"蓝月亮"在内的山峰啊!

沧桑变化鲜为人知

如果说,珠穆朗玛峰是"第三女神"安居的所在,那么,南极和北极地区就是南极寿星和北极星的圣地。直到现在,"第三女神"安居的净土仍然可与南极寿星、北极星的圣地媲美。

根据我们多年的观测研究,包括珠峰、南极、北极地区在内的地球三极地区的环境状况为少受或不受外界污染的本底状态,即可视为地球上的"环境本底"值。可见,珠峰地区的大气和水环境应该是相当纯洁的。

1975年春,地质学家刘东生院士提出了"珠穆朗玛峰地区环境变化"的研究课题,并准备好了大量的采样容器,提出了采集样品的注意事项,委托我组织完成野外采样工作。按照研究课题的要求,需要从珠穆朗玛峰顶部到北坡大本营每隔500米左右采集冰雪、岩石、降水、土壤和相应的生物样品,诸如动物的毛、人的头发、各种农作物种子，等等。

中国登山队员采集了从海拔6000米到珠峰顶部的冰雪样品近百份。海拔6000米以下的样品由我们大气物理组组织科学考察队员采集。野外采集的各种样品由中国科学院原子能研究所、环境化学研究所、贵阳地球化学研究所、物理研究所等进行室内分析，从而得到了珠峰地区的环境本底资料。

样品分析结果表明，在珠峰地区，在海拔5500米以上的冰雪样品中，钾、钠、钙、镁4种元素含量的平均值比南极长城站1985年所采集雪样中的相同元素含量低，它们的比值分别为0.09（钠）、0.60（钾）、0.61（镁）和0.97（钙）。在珠峰顶部的雪样更为洁净，钾、钠、钙、镁含量比南极长城站的更低，各相同元素含量的比值仅分别为0.06、0.01、0.18和0.24。

因此我们可以认为，珠峰地区确实是地球上最清洁地区之一，"第三女神"的的确确选择了地球上一方真正的净土安居。

然而，战争却曾扰乱了"第三女神"的宁静。1990～1991年的海湾战争中，大量燃烧的油田排放出浓浓的黑烟，曾经污染了"第三女神"洁白的境地，人们在这儿看到了从天而降的"黑雪"。1992年夏天，我们从珠峰北坡绒布冰川的冰雪样品和绒布河河水样品中，发现了10余种化学元素的含量比1975年猛增了5～15倍。其中，铁元素的含量猛增了近15倍。在1993和1994年的相同季节，我们又在珠峰北坡采集了冰雪样品和绒布河水样品，分析结果表明，在1993年以后，样品中相同化学元素的含量急剧减小，恢复到了1975年的环境状况。

显而易见，在1991～1992年，位于中东油田东侧的珠峰地

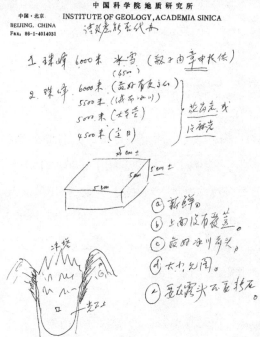

▲ 刘东生院士在南极
◀ 刘东生院士书写的采样要求手迹

区，由于一年中的绝大部分时间（10个月）盛行西风，海湾战争中燃烧油田排放的污染物被西风带到了珠峰地区，污染了珠峰地区的水环境，使得绒布河河水中的10多种元素含量突然增加，威胁人类的安全。

带着这些分析结果，当我们再次来到珠峰北坡大本营时，望着时隐时现的珠穆朗玛峰，仿佛看到了"第三女神"的眼中充满了泪水，泪水中饱含了战争带来的烟尘污染。我好像听到了"第三女神"的悲泣声！

1996年6月5日世界环保日，中国科学探险协会与国家环保局、国家旅游局合作，首次组织了"热爱珠峰清洁珠峰"活动。这次活动的目的在于唤起人们对世界最高峰地区环境演变的关注，树立"地球村"的环境观。也就是说，人们应该懂得，地球宛如一个村，珠峰是这个村中的一员，"地球村"里发生的环境事件都会影响珠峰的环境状况。

　　然而，当我们刚到拉萨时，当地地方部门并不理解我们"清洁珠峰"的活动目的，认为珠峰已经很清洁，不需要再清洁了。我很理解当地同志的想法，详细地介绍了1990～1991年海湾战争引起的油田大火对珠峰地区环境的污染，指出珠峰环境变化的主要原因是受世界大环境事件的影响。听完后，西藏自治区登山协会副主席洛桑达瓦说："原来，关心珠峰环境变化实质上是关心全球环境变化，我们要放眼全球看珠峰，呼唤全球关注珠峰。"

　　曾多次参加珠峰登山科学考察的我国著名登山家王富洲、屈银华、贡布、潘多、洛桑达瓦以及香港著名探险家李乐诗等，以无限怀旧的心情重返珠峰北坡大本营，探视"第三女神"，关心"第三女神"居住的净土演变。曾经躺在"第三女神"怀抱中进行心电图遥测的潘多，时而清理珠峰北麓的点滴垃圾，时而翘首凝望"第三女神"，仿佛要看清楚她曾经躺过的地方；曾经到达珠峰南北山麓为"第三女神"拍摄过"夏装"的摄影家李乐诗，不断地为"第三女神"拍摄"春装"，还不时地清理着地面，以便为"第三女神"拍摄最漂亮的"春之韵"。大气物理科学工作者继续在珠峰采集水样，以分析珠峰水环境变化。贡布和王富洲谈及海湾战争油田大火对珠峰环境的污染时，气愤地说："我们的珠峰是世界上洁净的圣地，想不到遭到

▲ 在"清洁珠峰"纪念碑前留影
（1996年）

▶ 竖立于珠峰大本营的"清洁珠峰"纪
念碑

▲ 登山英雄们在清洁珠峰

▶ 科学家采集绒布河水样

来自中东油田大火的污染，真是罪过啊！"

除了上述的全球重要大气环境事件对珠峰地区环境的影响外，人类无序的登山和旅游活动也会对珠峰环境带来影响。在20世纪70年代中期的一次大规模科考活动中，共有约700余人在珠峰北坡进行攀登与科学考察活动。他们在狭窄的绒布河河谷中生活了100天左右，废弃物同样污染了"第三女神"的净土。我们的科学证据有如下三个方面。

第一，在上述登山科学考察的同期，我和大气物理组的队友们共同采集了珠峰北坡大本营绒布寺、定日等地区的降雪的样品，这些降雪样品代表了当时的大气环境状况。分析结果表明，1975年春天，在这些采集降雪样品的地区，环境状况最差的地区是在珠峰北坡大本营绒布寺，而不是在定日。例如，1975年春季，在珠峰北坡大本营的降雪样品中，其所含的13种元素中有9种元素（铜、铅、镉、锰、砷、铬、镁、铁和铝）的含量不仅远远大于海拔高度7029米的新积雪样品的相同元素含量（前者为后者的5 ～ 600倍），而且与远离绒布寺90千米左右的定日降雪样品的元素含量相比，这9种元素的含量也大于定日相同元素的含量（两者的比值达到3 ～ 400）。

第二，在珠峰北坡大本营，1980年春季的大气环境状况远比1975年夏季的大气环境状况要清洁得多。在我们分析得到的7种相同元素含量中，有5种元素（铜、铅、锌、镁和铬）的含量均以1975年的为最大，这5种元素含量之比值为3.1 ～ 20.8。这显然与人类活动有关：1975年春季，在狭窄的绒布河河谷中有500多名队员和200多名民工在这儿集中生活了3个月，而在定日开阔的河谷中只散布着300多藏族同胞；在海拔高度7029米处，只有几名队员生活在那里。而1980年春季，在我们采集大气气溶胶样品期间，在珠峰北坡绒布寺附近，只有我们科学考察队的20名队员在那里生活了一个月，他们的生活排放物和废弃物远远要比1975年的少得多，当然对于当地环境的影响就小得多了。

第三，1975年春天，我们在珠峰北坡大本营采集了当时新积雪的样品与过去年代旧积雪样品。新积雪样品代表当时的环境状况，旧积雪样品代表1975年以前的环境状况。经过分析测量，在它们所含的13种相同化学元素中，有10种化学元素（钒、钪、钾、镁、铜、铅、铬、砷、铝和铁）的含量以当时新积雪样品含量为高，前者为后者的1.1～2.6倍；有一种化学元素（镉）的含量两者相同，只有两种化学元素（锌、钙）的含量以过去年代旧积雪的样品含量为高。上述这种现象，显然是1975年春天在大本营的人为污染的结果。

上述的结果不难使人相信：其一，珠峰地区的确是全球最清洁地区之一；其二，珠峰地区环境污染的来源主要有两部分，即来自全球的重大环境事件和来自探险爱好者的排放物和废弃物。这就说明，珠峰北坡特殊的海拔高度和地理位置，使得它能够非常敏感地反映全球重大环境事件对于全球环境变化的影响；同时，珠峰北坡特殊的峡谷地形，以及它日益为世界登山和科学探险等探险爱好者所青睐，使得它的环境极易受到探险者生活垃圾的污染，因而，监测与保护珠峰环境迫在眉睫，并成为保护全球环境的重要组成部分。

1975～2006年，我们在珠峰北坡监测绒布河水化学元素含量变化的结果表明，自1975年以来，珠峰北坡绒布河水环境曾经于1992年有一次突变，12种元素含量比值（Z_i）比其前后高出2.1～6.1倍，这是中东油田燃烧带来的影响；之后，河水环境状况逐渐好转，于1994年达到最好状况，12种元素含量分别为其前期值的62%～16%。然而，在2004年以后，河水中的多种元素含量值逐渐增大，于2006年达到最大，为1994年的2.9倍，这反映了来自土壤和尘埃天然污染源和人类活动的影响。

85

我们采集绒布河水样，以便监测珠峰环境的变化。新闻工作者以电视画面和文字向人们宣传：地球好比一个小小的村庄，我们是村庄的一员，地球上的每一件大的环境事件都会影响这个村庄，珠峰是这个村庄的最高点，难免首当其冲；人类在珠峰地区的无序活动也会给珠峰环境带来不利的影响。"第三女神"热爱我们，我们更应该热爱她，保持她洁净的圣地。

2004年秋天，中国科学探险协会和西藏体育局再度发起"地球第三极珠峰环保大行动"，北京壹创意有限公司精心组织了这次活动，认真清理了从珠峰北坡大本营到海拔6500米营地的垃圾，中央电视台等新闻媒体适时宣传报道了清理珠峰垃圾的实况和意义，为唤起全人类共同关爱和保护"第三女神"安居的净土作出了贡献。

为了监测珠峰的环境变化，取得世界最高峰地区的长期的环境变化资料，为人类作出应有的贡献，中国科学院资深院士、曾获得世界气象组织IMO大奖的叶笃正先生与笔者于2010年又联名写信，通过九三学社中央向国家有关部门呼吁，尽快在珠峰地区建立国家的环境监测站，为人类留下世界最高峰的环境监测资料。

笔者诚恳希望：热爱"第三女神"的朋友们，关心"第三女神"的居住地——珠穆朗玛峰的环境变化，从而也是关心全球环境变化的朋友们，用你们的实际行动支持并参加监测、保护珠穆朗玛峰环境的活动，永远与"第三女神"和谐相处，荣辱共存。

由此及彼，我也诚恳希望热爱大香格里拉的朋友们，包括向

探秘大香格里拉

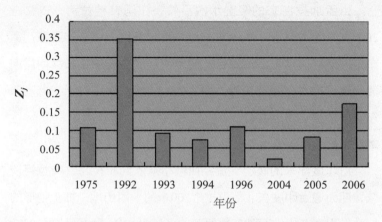

珠峰北坡绒布河河水样品的12种元素含量比值（Z_j）变化

往"蓝月亮山谷"的朋友们，为了我们心目中的香格里拉永存，当我们亲近这片神圣净土的时候，不要留下任何不洁净的东西。

水汽通道的魅力

一般说来，山口、河谷都会成为空气的通道。有的是冷空气的通道，如天山山脉上的一些达坂垭口；有的主要是暖湿空气通道，有时也是冷空气通道，如雅鲁藏布江下游和横断山脉三江并流河谷，等等。"蓝月亮山谷"也应该有空气的通道作用，尽管情况不明。

笔者和队友们曾经专门观测研究过雅鲁藏布江下游、怒江、澜沧江流域以及天山山脉几个达坂垭口的通道作用，这里只介绍雅鲁藏布江下游山区的水汽通道作用。

计算证明，沿布拉马普特拉河—雅鲁藏布江一带的确是青藏高原四周向高原内地输送水汽的最大通道。

由孟加拉湾来的暖湿水汽沿着布拉马普特拉河，以接近2000克/（厘米·秒）的水汽输送强度逆江而上，影响青藏高原东南部地区。这里沿河谷输送的水汽强度与夏季从长江南岸向北岸输送的水汽强度相当。如此强大的水汽输送对于青藏高原东南部带来了如下影响。

造就世界第二大降水带

由印度洋来的暖湿气流经西南季风吹向布拉马普特拉河流域，迎面遇上印度东北部海拔近700米的卡西山地，加上地形的抬升作用，在山地南麓乞拉朋齐的多年平均年降水量达到10870毫米，为世界第二大年降水量。暖湿的水汽再沿雅鲁藏布江下

游河谷向北输送，在墨脱一带形成又一大降水带，年降水量达4500毫米左右。经过雅鲁藏布江大拐弯顶端后，大部分水汽再沿易贡藏布江逆江而上，直抵念青唐古拉山南麓。在这条水汽通道上，年降水量为500毫米的等值

雅鲁藏布江下游水汽输送示意图

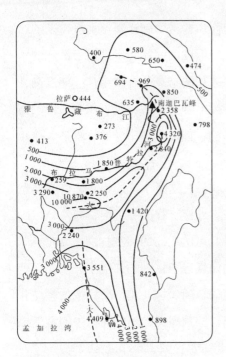

青藏高原东南部及其南侧多年平均降水量（毫米）分布图

线可达北纬32°附近，而在这条水汽通道西侧，500毫米降水量等值线的最北端仅为北纬27°左右，两者相差5°。这就意味着，由于这条水汽通道的作用，可以把等值的降水带向北推进5°。

推动气候自然带北移

在北半球，热带气候带的平均北界为北纬23.5°。在这条水汽通道上，热带气候带向北推移了5.5°。墨脱位于北纬29°，是北半球热带的最北界，被称为"热带绿山地"。虽然它比云南西双版纳偏北5°，但它却生长着与之相似的热带和南亚热带植物，高大的榕树、诱人的香蕉和野柠檬随处可见。墨脱年平均气温在18℃以上，1月墨脱平均气温在10℃以上，与广东北部（约北纬24°）的气温相近。

哺育海洋性冰川

我国最大的海洋性冰川——卡钦冰川（长35千米）位于念青唐古拉山南麓，易贡藏布江北侧。沿雅鲁藏布大峡谷以南迦巴瓦峰为中心，是我国藏东南海洋性冰川发育的一个中心，

89

这都是雅鲁藏布江水汽通道作用输送印度洋暖湿水汽带来的结果。所谓海洋性冰川是指冰川形成的固体降水来自于海洋的水汽。因此，它区别于大陆性冰川的特点是补给丰富、纬度高，温度维持在0℃上下，因而活动性强，容易移动。发育良好的海洋性冰川往往沿山坡向下移动，伸入森林中，形成森林、冰川交融的特殊奇观。

受气候带向北移动的影响，在这条水汽通道上，许多典型的热带生物（如香蕉、芭蕉、柠檬、甘蔗等）均由通常分布的北纬24°北界向北移动，最北可达北纬29°左右，成为北半球热带生物分布的最北界，例如低等植物中的红孢牛肝菌、环柄侧耳，高等植物中的千里榄仁、阿丁枫，爬行动物中的蟒蛇、大眼镜蛇，鸟类中的红耳鸭、棕颈犀鸟，哺乳动物中的孟加拉虎、长尾叶猴，昆虫中的端齿蚌鼻白蚁、金印度秃蝗等。

促进南北坡生物交流

在青藏高原南部，由于高大的喜马拉雅山脉阻挡，其南北两翼的生物分布迥然不同。然而，由于雅鲁藏布大峡谷造就了西藏东南的门户，促使喜马拉雅山脉南北的生物通过这条通道得到了交流与混合。一方面，在喜马拉雅山脉南翼特有的植被类型和生物种类（例如，南翼谷地高等植物中的通麦栎、尼泊尔桤木，低等植物中的金顶侧耳、灰钉，动物中的猕猴、黄嘴蓝鹊等），经过这条通道分布到山脉北翼的通麦、易贡和排龙等地；另一方面，山脉北翼的高山松、川滇高山栎等却通过这条通道分布到南翼的甘代、鲁古等地。

▲ 海洋性冰川末端伸进森林
▶ 海洋性冰川与森林交融在一起
▼ 海洋性冰川向下伸进森林

大峡谷中的芭蕉树

大峡谷中的柠檬树

大峡谷中的香蕉树

大峡谷中生长的桫椤

庇护古老生物物种

在第四纪冰期中，持久的严寒扼杀了不少生物种类。然而，位于藏东南的雅鲁藏布大峡谷，由于其优越的暖湿气候和立体生态条件，为生物南北迁移提供了安全的走廊，成为古老生物的良好"避难所"，保存了大量的古老物种，留下了许多"活化石"。例如，在这条通道地区，保存了苔类植物活化石——藻苔；蕨类植物活化石——桫椤、白桫椤和喜马拉雅双扇蕨；裸子植物的活化石——百日青、短柄垂子买麻藤和红豆杉等；被子植物活化石——水青树、领春木；锈菌活化石——拟夏孢诱属、迈尔锈属和明痂锈属等。

造就新物种

水汽通道所造成的特殊生态环境不仅保护了许多古老的物种和沿通道迁移来的外来物种，同时还造就了不少新的物种，

沿雅鲁藏布江水汽通道上生物南北交流分布示意图

这就使水汽通道地区成为整个青藏高原生物区系最丰富的地区。据初步统计，这里的维管束植物有3600余种，约占西藏该类植物总种数的2/3；大型真菌有400余种，约占西藏大型真菌种数的80%，约占我国已知大型真菌的60%；锈菌有200余种，约占我国此类种数的25%；昆虫近2000种，占西藏昆虫种数的60%以上。其他动物如哺乳类、两栖类、爬行类、鸟类种类也很丰富。

造就了极高的生物量

另外，水汽通道所造成的特殊生态与环境还给当地各种生物的生长发育带来了巨大影响，很多生物都具有极高的生物产量。例如，在水汽通道地区分布面积最大的云杉、冷杉林，其

珍贵的红豆杉树

单位蓄积量每公顷可达2300立方米，生物产量超过每公顷1200吨。林中最大的一株云杉高73米、胸径2.5米，单株立木材积在50立方米以上。这些树木的价值在世界同类森林中都属罕见。该区植物界的巨大生物生产量为生活在这里的昆虫及草食动物提供了充足的食物，使其密度增加，并进而影响了鸟类及食肉动物的数量。如在水汽通道地区的山地上，我国一类保护动物羚牛，其数量估计在千头以上。

综上所述，在8000～5000年以前，雅鲁藏布江下游南北走向的谷地不仅已经成为古人类休养生息的场所，而且也成为人类南来北往的通道，对青藏高原南侧低海拔地区和青藏高原上的古人类之间的交流起着重要的通道作用。

在近代，雅鲁藏布江下游南北向谷地依然是人类交往的重要通道。生活在喜马拉雅山脉南翼低海拔河谷中的门巴、珞巴等族人民，通过这一水汽通道与生活在青藏高原上的藏族同胞密切往来，他们以低海拔谷地特产的辣椒、药材、皮张及自己制作的藤、竹手工编织品换取青藏高原内地藏族同胞的铁器、盐和毡毯等各种生活用品，以及国家运至西藏的各种工业品。其中，特别是门巴族同胞用藤制作的藤桥真是适合当地地形环境特点的最佳作品。这种交往更重要的还体现在文化上，从两地人们在语言、生活习俗等方面存在着许多相似之处可以看出他们的深刻历史渊源。

梦幻香格里拉

雅鲁藏布大峡谷中的金黄枝珊菌（卯晓岚摄）

▲ 雅鲁藏布大峡谷中高大的云杉（杨逸畴摄）

▼ 藤桥是大峡谷中重要的交通工具（杜泽泉摄）

香格里拉沧桑

"香格里拉"成为一个世界性词汇源于一部英语小说。

1933年，英国作家詹姆斯·希尔顿在其长篇小说《消失的地平线》中描绘了一个在中国西藏地区的充满神秘色彩的、隐蔽的山谷，这个山谷紧邻海拔28000英尺（8540米）的卡拉卡尔山，藏语的意思是"蓝月亮山谷"。在这个群山环抱的广阔谷地中完美地点缀着小巧的草坪和纯洁的花园，溪水边有涂过油漆的茶馆和轻巧如玩具的屋舍，看来这里的居民似乎非常成功地融合了汉族和藏族的文化……展现了宁静、和谐的自然与人文环境。这里的人们生活在几乎纯洁的自然环境中，年龄超过100岁的人还不显老。在这个山谷中，在卡拉卡尔山下，有一座神圣的香格里拉寺庙。寺庙的大喇嘛佩劳尔特掌控山谷中人与物的大权，当地藏族、汉族居民视大喇嘛为神。当地蕴藏的丰富金矿是"蓝月亮山谷"的巨大财富，是香格里拉寺庙用来与包括西方在内的外界交换现代文明的源泉。

小说以浓重的笔墨描写香格里拉寺庙："他们走出了迷雾，步入了一个充满清新空气和阳光明媚的境地。就在前方不远处，香格里拉寺院坐落在那里。""一片色彩绚丽的亭台楼阁紧紧依偎在山腰上，完全没有莱茵古堡刻意营造出来的那种阴森恐怖，而像是几片精巧雅致的花瓣偶尔盛开在陡峭的悬崖上。它华丽而又高雅。一种庄严的情感把众人的目光从灰蓝色的屋顶上吸引到上方灰色的岩石上，壮丽得犹如德尔瓦尔德的韦特霍恩峰（阿尔卑斯山的一座山峰）。在那之上，卡拉卡尔的冰峰雪壁高耸在远处那座令人眩目的金字塔上。"往下看，景色更是宜人，岩壁垂直地向下延伸，形成一条裂缝……峡谷犹如深渊一般迷雾朦胧，只见谷底一片翠绿，郁郁葱葱。风被阻挡在外边，喇嘛寺高高在上……只有一条能够爬出来的狭窄小道通向那座喇嘛庙。"

小说以很大的篇幅描述了大喇嘛佩劳尔特如何通过寺庙管家张先生采取非常手段从外界选取接班人康维（Conway）的过程，尽管他最后并没有如愿以偿。

小说发表后，美丽而神秘的"蓝月亮山谷"没有名扬四海，而在这个山谷中的一座寺庙的名称——"香格里拉"却很快成为了世界性的词汇，成为西方人追寻的理想王国。

1934年4月，英国伦敦麦克米伦出版公司出版该小说时，令出版商和作家始料不及的是，这部小说在欧洲引起了轰动，并很快畅销到美、日等国，成为最流行的畅销书之一，还获得了英国著名的霍桑登文学奖。该书一再重版，同时又被翻译成多种文字推介到世界各国。1937年，美籍意大利裔电影导演弗兰克·卡普拉把它摄制成电影，影片风靡一时，电影《消失的地平线》的主题歌唱遍全球。1971年，华裔富商郭鹤年先生在创建国际大酒店集团时，把"香格里拉"借用为其酒店的名称。从此，"香格里拉"又成为世界酒店品牌的至高象征之一，这从侧面印证了《消失的地平线》在人文学上的伟大意义。

自此，"香格里拉"满天飞。

香巴拉与香格里拉

藏学专家杜永彬认为，"香巴拉"是印度和西藏的佛教徒想像、描绘和向往的美好而神奇的人间仙境和"理想国"。藏民族信仰中的"香巴拉"概念源于佛教经典《时轮经》。公元前7世纪"香巴拉"就伴随着佛教经典在印度诞生，直到11世纪，藏文经典《大藏经》的《丹珠尔》中才第一次正式记录和描述了香巴拉国。

自"香巴拉"信仰产生以来，中国西藏的佛教徒们以及南亚、中亚和西方的一些民族和人群朝思暮想，心向往之，用不同的语言、文字和想像力描绘了千百幅"香巴拉图"，想像出无数条通往"香巴拉"的路线，撰写出许多关于"香巴拉"的论著，进行了无数次前赴后继地寻找"香巴拉"的旅程。

在印度，很久以前就已流传着在喜马拉雅山脉的北边，也即在西藏附近的昆仑山脉，有一个圣人居住的神秘王国。有一部印度佛教的典籍是这样记载的："香巴拉在一个会涌出美酒的湖中央的浮岛上，那儿建有被神圣森林围绕着的王宫，要前去该岛必须乘坐'金鸟'才行。"

藏传佛教的各派高僧们认为："在冈底斯山主峰附近的某个地方，有个叫'香巴拉'的神秘所在地，那里的首领是金刚手恰那多吉的化身——绕登·芒果巴，教主为无量光佛，也称阿弥陀佛。'香巴拉'共有七代法王，即月贤、天自在、威严、月施、天大自在、众色和天具自在，七代法王都传授《时轮根本经》；他们掌管着960万个城邦组成的幸福王国，这里没有贫穷和困苦，没有疾病和死亡，也没有人与人之间的尔虞我诈，更没有嫉恨和仇杀……这里花常开、水常清，庄稼总是在等着收割，甜蜜的果子总是挂在枝头。这里遍地是黄金，满山是宝石，随意捡上一块都很珍贵，当然这里不用钱，因为钱没有用。这里的人用意念支配外界的一切，觉得冷，衣衫就会自动增厚，热了又会自然减薄；想吃什么，美食就会飞到面前，吃饱了，食品便会自动离去。香巴拉人的寿命以千年来计算，想活多久就可以活多久，只有感到长寿之苦，想尝尝死亡的味道，才会快快活活地死去……"

如何才能够去到香巴拉呢？公元1775年六世班禅罗桑华丹益希撰写的《香巴拉指南》首次指明了通往香巴拉王国的多种途径，以及如何才能克服沿途的艰难险阻。书中指出，朝拜香巴拉者可由印度、中国西藏、蒙古等很多地方出发，都要经过不毛荒地和危险四伏的神秘地区，克服无穷困难险阻。除此之外，还必须得到香巴拉保护神的认同和帮助。朝拜香巴拉者必须首先修炼自己的精神，使身心得到佛性的变幻，才有可能找到香巴拉王国。一旦到达香巴拉王国后，立刻会看到由美丽的公园和城堡所构成的理想国度。香巴拉四周有双重的雪峰环抱，中央是座大宫殿，周围的8个区呈莲花瓣状环绕着宫殿。香巴拉的居民无比富裕，物质充足，安居乐业。香巴拉王国内平等地容纳各种宗教，各教教徒都生活安定，没人犯罪，没有无聊的争斗。居民们从自己的信仰出发，依照最高智慧对待生活，都达到了佛陀（或各宗教之神）的最高境界，达成了互通的境界。

如此理想而神奇的香巴拉王国曾经一度为崇拜者前赴后继地追寻。那么，香巴拉到底在哪里？"历来众说纷纭"。杜永彬指出："藏民族认为'香巴拉'在西藏北部或中亚；西伯利亚的萨满教徒认为'香巴拉'将会在阿尔泰山脉的某处被发现；

俄罗斯的东正教徒认为'香巴拉'位于天山山脉；阿富汗的苏菲教徒认为'香巴拉'在帕米尔山脉；吉尔吉斯斯坦人认为'香巴拉'在同一山脉的西端；一些蒙古人认为'香巴拉'在西伯利亚南部的某些山谷，各地的蒙古族都相信蒙古是北部的'香巴拉国'；也有人说'香巴拉'可能在北极。"

在西藏流行一首藏族歌曲《香巴拉并不遥远》，它在一定程度上反映了藏族同胞的心声："有一个美丽的地方，人们都把它向往。那里四季常青，那里鸟语花香，那里没有痛苦，那里没有忧伤。它的名字叫香巴拉，传说是神仙居住的地方。哦，香巴拉并不遥远，它就是我们的家乡。"

关于香巴拉和香格里拉的关系，杜永彬认为，西方人对"香巴拉"的了解、认识、接受、寻找和想像，导致了"香巴拉"的西化和"香格里拉"的产生。

杜永彬教授详细地分析了"香巴拉"概念向西方传播的演化过程。他认为，最初传到西方文明中的关于"香巴拉"的信息，来自葡萄牙的天主教传教士卡布莱尔（Cabrel）和卡瑟拉（Estêvão Cacella），他们听说了"香巴拉"（Shambala，转写成Xembala），并认为这是中国（Cathay or China）的别称。19世纪开始，"通神论"启发了西方人描述和想像"香巴拉"的灵感，燃起了西方人寻找"香巴拉"的热情和勇气。其中，布拉瓦斯基是典型的代表，她在1888年前就曾经多次到达印度和中国西藏探寻香巴拉。在她看来，印度和西藏的"圣人"（Mahatmas）是来自"香巴拉"的超自然的人类，"香巴拉"是西藏的一个神秘的王国，那里保存着柏拉图所说的沉入海底的神秘岛"亚特兰蒂斯"（Atlantis）的秘密教义。"香巴拉"的居民是"亚特兰蒂斯"人的后裔。"香巴拉"在佛教中的地位犹如犹太教、伊斯兰教和基督教中的耶路撒冷。之后，在20世纪20年代，英国的新"通神论者"拜勒（Alice A. Bailey，1880—1949）将"香巴拉"视为超越太空行星可度量的范围的存在，或者是一种精神的向往，是地球的统治神萨纳特王子（Sanat Kumara）的一个精神中心，居住着地球行星逻各斯（Planetary Logos of Earth）的最高的"阿凡达"（Avatar，意为化身），据说是神意的一种表达。

101

通过历史分析，杜永彬认为，20世纪以后在西方，"香巴拉"概念在很大程度上被"香格里拉"一词覆盖，进而催生了更多世俗倾向的变化。"香巴拉"的西化过程体现了西方人对"香巴拉"在观念层面的接受和改造，其明显的标志就是西方人将"香巴拉"西化成了"香格里拉"。

英国作家希尔顿从来没有到过西藏，他为什么能够描述出如此神奇的"蓝月亮山谷"和山谷中庄严、神圣的香格里拉寺庙呢？

笔者认为，在上述历史背景条件下，英国作家希尔顿虽然从来没有到过小说中描述的地方，但多多少少会受到在西方传播的"香巴拉"或"香格里拉"理念的影响。鉴于此，他在《消失的地平线》中把"香格里拉"寺庙以及在这个寺庙所在的"蓝月亮山谷"描述为和谐、宁静、美丽的神秘世界也是事出有因的。

也有学者认为，小说《消失的地平线》深受美国植物学家约瑟夫·洛克在美国《国家地理》杂志上发表的多篇文章的影响。1925年8月，受雇于美国哈佛大学植物研究所的美籍奥地利裔植物学家、地理学家约瑟夫·洛克，应《国家地理》杂志的稿约而来到中国的横断山域、甘肃和青海探险考察。他在20世纪20年代就深入中国的丽江古城，被当地的淳朴人文、厚重历史、多样民俗所深深吸引，一待就是近30年。他从20世纪20年代起就陆续在美国《国家地理》上发表多篇文章，以自己的亲身经历描述了青藏高原东南部川滇藏交界地带多民族、多宗教的高山峡谷区的自然特色与民族文化，也提出了类似的英文词

汇 "Shankori"。

可见，在1933年之前，不仅"香巴拉"理念在西方已经广泛传播，而且东西方文化相互交融，"香格里拉"理念已经逐渐在西方传播。这就为《消失的地平线》中出现"香格里拉寺庙"名称奠定了基础。

根据上述分析研究，笔者相信早在《消失的地平线》出版以前，"香巴拉"（Shambala）概念就从印度和中国西藏传播到了西方，引起了西方学者和探险者的关注，一时间探讨"香巴拉"的著作相继问世，探险者相继来到印度和中国西藏朝拜、探寻，的确也曾经掀起了"香巴拉"热。我也相信，"香巴拉"与"香格里拉"有非常紧密的联系和相似之处，甚至于"香格里拉"理念来源于"香巴拉"概念。小说《消失的地平线》中所描述的"香格里拉"理念既受西方广泛传播的"香巴拉"理念的影响，也受约瑟夫·洛克在美国《国家地理》杂志上发表的多篇文章的影响。

基于上述，笔者认为，从历史出发实事求是地弄清"香巴拉"和"香格里拉"理念的来源和演变是应该的，这是求真务实的科学态度。然而，香巴拉和香格里拉的理念谁在先无关紧要，关键是如何把一种理念与现实相结合去促进和谐社会的持续发展，让人人生活得更加快乐和幸福。

因此，在目前的时代条件下，我赞成多数人能够享受的香格里拉，更欣赏人人享受的大香格里拉。

世外桃源与伊甸园

"世外桃源"和"伊甸园"也是人们曾经追求的理想王国，前者反映东方人的理想，后者反映西方人的美梦，它们也曾经风靡一时。然而，它们也从来没有被人们寻找到。

伊甸园是基督教的神话。根据《旧约·创世纪》记载，上帝耶和华仿照自己的形象创造了人类的祖先（男的称亚当，女的叫夏娃），安置第一对男女住在伊甸园中。伊甸园在圣经的原文中含有"乐园"的意思。圣经记载伊甸园在东方，有四条河从伊甸流出滋润园子。这四条河的名字分别是幼发拉底河（Euphrates River）、底格里斯河（Dijla River）、基训河（Gihon River）和比逊河（Pishon River）。但现在的世界地图上只标有前两条河流。

上帝让亚当和夏娃住在伊甸园中，让他们修葺并看守这个乐园。上帝吩咐他们说："园中各样树上的果子你们可以随意吃。只是善恶树上的果子你们不可吃，因为你们吃了必死无疑。"

按照上帝的旨意，亚当和夏娃赤裸裸地生活在伊甸园，品尝着甘美的果实。他们或款款散步，或悠然躺卧，信口给各种各样的动植物取名：地上的走兽、天空的飞鸟，田野的鲜花……他们就这样在伊甸乐园中幸福地生活着，履行着上帝分配的工作。

那么，伊甸园究竟在哪里呢？

根据《旧约·创世纪》描述的线索，一些学者开始探寻伊甸园。但是，学者们遇到的第一个难题是，《旧约·创世纪》中所说的4条河如今只有两条河有记载，比逊河和基训河在何处，长期以来人们一直无法确定。

美国密苏里大学的扎林斯教授经长期的考证，认为基训河就是现在发源于伊朗、最终注入波斯湾的库伦河；比逊河则位于沙特阿拉伯境内，由于地理气候的变迁，那里现在已成为浩瀚沙漠中一条干涸的河床。据此，扎林斯教授推断，伊甸园就位于波斯湾地区4条河流的交汇处。然而，大约在7000年前，在最后一次冰川纪后，由于冰川融化致使海平面升高，伊甸园就沉入波斯湾海底了。

关于伊甸园的推测还有不少，有人说伊甸园在以色列，有人说在埃及，有人说在土耳其，还有人说在非洲、南美、印度洋甚至中国西藏等地。

其实，伊甸园也仅仅是人们心目中的理想王国而已。

"世外桃源"之说起源与陶渊明（公元365—427年）的一篇散文《桃花源记》。原文如下：

晋太元中，武陵人捕鱼为业。缘溪行，忘路之远近。忽逢桃花林，夹岸数百步，中无杂树，芳草鲜美，落英缤纷。渔人甚异之。复前行，欲穷其林。

林尽水源，便得一山。山有小口，彷佛若有光。便舍船，从口入。初极狭，才通人。复行数十步，豁然开朗。土地平旷，屋舍俨然。有良田美池桑竹之属。阡陌交通，鸡犬相闻。其中往来种作，男女衣著，悉如外人。黄发垂髫，并怡然自乐。

见渔人，乃大惊，问所从来。具答之。便要还家，设酒杀鸡作食。村中闻有此人，咸来问讯。自云先世避秦时乱，率妻子邑人来此绝境，不复出焉，遂与外人间隔。问今是何世，乃不知有汉，无论魏晋。此人一一为具言所闻，皆叹惋。余人各复延至其家，皆出酒食。停数日，辞去。此中人语云："不足为外人道也。"

既出，得其船，便扶向路，处处志之。及郡下，诣太守，说如此。太守即遣人随其往，寻向所志，遂迷，不复得路。

南阳刘子骥，高尚士也，闻之，欣然归往。未果，寻病终。后遂无问津者。

从《桃花源记》的故事中不难看出，它和香巴拉、香格里拉、伊甸园的故事有相似之处，都是描写了一个美好的世外仙界。然而，陶渊明所提供的理想模式与前三者 **105**

相比有其不同之处：在桃花源中生活的人们个个都是普普通通的人，是一群因为避难而来到这里的人，他们不是神仙，只是比世人多保留了淳朴天性的人，他们的和平、宁静、幸福都是通过自己的劳动取得的。而香巴拉、香格里拉和伊甸园所描述的理想天堂却基本上是本来就有的，或者是上帝创造的。桃花源里既没有长生不老的条件，也没有随地可以捡到的财宝，只有一片"往来种作"的农耕景象。

总之，"桃花源"虽然也是人们的理想王国，但它更接近现实生活，是看得到、摸得着的。当然，陶渊明在《桃花源记》中也"卖了关子"，他以"寻找"未果、"后遂无问津者"来结束了全文，给人们留下了"悬念"。

看来，在人类历史上曾经出现过许许多多"理想王国"，寄托了人们在现实生活中得不到的理想和希望。也许，在今后这种满足人们精神需求的向往会永远存在。

香格里拉满天飞

自从1971年郭鹤年先生在创建国际大酒店集团时以"香格里拉"作为酒店名称后，世界上纷纷出现了很多以"香格里拉"命名的地名。

1997年，云南省向外界宣布，迪庆藏族自治州的中甸县就是香格里拉。"香格里拉"是中甸藏语"心中的日月"之意，是藏民心中的理想生活境界。这里有希尔顿小说中所描绘的景象：这是一条长长的山谷，两边绵亘圆丘状起伏的山峰，而山谷的正前方，凌空高耸着一座雄伟的金字塔似的雪山，一座世界上最美丽、最可爱的山峰；这里的居民似乎非常成功地结合了汉族和藏族的文化；这广阔的被群山环抱的断层山谷非常巧妙地被小小草地和美丽的花园所点缀，溪水边坐落着涂过油漆的茶馆和轻巧如玩具似的房屋；当地人都穿戴整齐，就连这里的妇女也穿着扎紧下摆的清式束脚裤；这里的人们似乎因范围小而难以避免地近亲通婚稍稍吃了些苦头；这个被称作"蓝月亮山谷"的福地乐园中有一座花园式的喇嘛寺——香格里拉寺，而沿山谷较远的地方分别还有一座道观和一座儒家的孔庙；这里有来自不同国度、不同民族的修行者都长命百岁，却看上去青春永驻；这里的人们信仰各种宗教，如藏传佛教、道教、基督教等。他们和平共处，从未有宗教与宗教之间的纷争，他们奉行儒家的中庸之道。所以，中甸这块人间乐土是当之无愧的香格里拉。

云南省的中甸县被国家批准改名为香格里拉县后，引起了国内邻近地区的不同看法，如云南的迪庆、丽江、怒江，四川的稻城，西藏的昌都等地。其中，四川的稻城县命名了"香格里拉乡"，还有的地方出现了"香格里拉村"……而尼泊尔则早就宣布在其国土上找到了香格里拉——尼泊尔的木斯塘，这里甚至还摆放了一架老式的飞机，据说就是那架飞机载着小说中的大不列颠康维领事及其随行人员迫降在"蓝月亮山谷"。

一时间，大有"香格里拉满天飞"的趋势。

首先，20世纪30～40年代，凭借《消失的地平线》小说和电影，"香格里拉"一词以神奇般的速度传播。这是为什么呢？

笔者认为，其原因可能有二。其一，20世纪以来，随着"后工业社会"和"后现代社会"的出现，人们追求的理念和方式迅速转变，即从过去的追求极端理想化向着追求比较现实的理想状态转变；人们发现，"香巴拉王国"的确非常理想，能够享受"香巴拉王国"者的确是能够战胜恶魔的人间精英，的确是"修身养性"的圣人，然而，人世间有几人能够达到这种境界呢？两相对比，当然大多数人会选择追求比较现实的"香格里拉"了。其二，随着文化传播手段和技术的不断提高，"小说"当然要比"论著"的传播面广泛多了，电影自然更比小说的传播面广泛了。如果想想现在的电视和网络，毫无疑问，它们比电影传播得更广，传播速度也快得多。

另外，20世纪70年代以后，"香格里拉饭店"在世界各地陆续出现，20世纪90年代以后一个又一个的"香格里拉"地名也如雨后春笋般涌现。香格里拉满天飞，这又是为什么呢？

显然，这一方面反映了人们追求现实生活中的理想乐园——香格里拉的愿望，另一方面也反映了人们以现实生活中的理想乐园——香格里拉为旗帜去追求局部的经济利益。君不见云南中甸被命名为"香格里拉县"后所出现的国内外旅游者探访"香格里拉"的热潮吗？那些旅游者留下的不正是当地的经济兴旺吗？

然而，这种"香格里拉热"带来的经济兴旺是否能够持续呢？

从香格里拉到大香格里拉

21世纪初，上述"香格里拉满天飞"的现象仍然继续蔓延。

此时，青藏高原东南部的川、滇、藏三省区为了促进地区经济发展，不约而同地想到了利用当地有利的自然人文条件发展绿色旅游。西藏自治区和我的家乡四川的有关领导都曾与我谈起如何充分发挥青藏高原东南部得天独厚的自然和人文条件，来联合发展旅游事业的问题，但言谈话语中都流露出对目前"香格里拉满天飞"现况的担忧。我佩服这些当地领导能够远虑未来，从他们所处的高海拔位置来看还真用得上"站得高、看得远"来形容。

这种现状让我想到了雅鲁藏布大峡谷国家级自然保护区的建立过程。我们从论证雅鲁藏布江大峡谷为世界第一大峡谷开始引起了国内外人们的关注，这是第一步。通过学术讨论把雅鲁藏布江大峡谷名称不统一的现象改变过来，再由国务院正式将其命名为"雅鲁藏布大峡谷"，这是第二步。走"科学、企业、新闻媒体"三结合的道路安全圆满地完成了徒步穿越，这是第三步。科学家联名上书西藏和国家林业局领导，建议建立雅鲁藏布大峡谷国家级自然保护区，直到国家批准，这是最后一步。

鉴于此，笔者首先与多次参加青藏高原综合科学考察的朋友们交换观点，探讨思路。大家一致认为，首先要为川滇藏三省区联合进行绿色旅游寻找科学依据。

记得在和杨逸畴、张文敬等人探讨此问题时，我们首先发现了两个科学依据。第一，这里是印度板块、欧亚板块和太平洋板块的交汇地区，三个板块的相互作用构成了这个地区的雅鲁藏布大峡谷、横断山脉、三江并流的特殊地形地貌，为丰富的垂直气候带和自然带奠定了地理条件。第二，雅鲁藏布江下游水汽通道和横断山脉地区的三江水汽通道把印度洋的暖湿气流源源不断地向这个地区输送，为这个地区提供了发育丰富垂直气候带和自然带的大气条件。丰富的垂直气候带和自然带正是大香格里拉所必需的基本自然条件。

我们很快把这些想法与西藏、四川和云南的有关领导交流，逐渐有了比较一致的科学认识。

在此基础上，时任西藏发改委副主任的援藏干部，冰川学家张文敬教授积极促进川滇藏三省区联合召开了第一次三省区会议。

2002年5月25～28日，川滇藏三省区领导、有关部门及学者在拉萨举行了学术和行政讨论会，就川滇藏三省区交界处的特殊自然环境与人文条件进行了充分的交流与讨论。与会人员一致认为：第一，川滇藏三省区交界地区所具有的独特美丽的自然条件是由于地球板块运动与雅鲁藏布江和三江水汽通道共同作用的结果，这些交界地区

109

是一个共同体，密不可分；第二，川滇藏三省区交界地区美丽而神奇的自然条件与和谐的社会环境，是人类理想的天堂所在地，应该是中国香格里拉地区或大香格里拉地区。会议达成共识：川滇藏三省区要尽快组织起来，联合实施中国这个大香格里拉地区生态旅游的科学调查，共同建设与合理开发。笔者应邀出席了这次讨论会，发表了题为《大香格里拉地区形成原因探讨》的专题报告，并和与会者一起探讨了有关"大香格里拉生态旅游可持续发展"的问题。

会议期间，川滇藏三省区政府领导，尤其是西藏自治区领导在大会上明确表示，希望中国科学探险协会像过去组织徒步穿越雅鲁藏布大峡谷科学探险考察一样，组织中国科学家进行大香格里拉地区综合科学考察，重点对川滇藏三省区交界处的大香格里拉地区的自然环境、人文和社会经济状况进行科学考察，希望对大香格里拉地区的可持续发展提出科学依据，为大香格里拉生态旅游可持续发展作出贡献。

在此次讨论会以后，大香格里拉的概念逐渐为人们理解和接受。

追寻大香格里拉

　　自2002年第一次川滇藏三省区联合讨论会以来，中国科学探险协会一方面精心准备大香格里拉综合科学考察，争取有关上级领导单位的支持，一方面积极寻求企业的赞助。经过3年多的努力，终于在2006年年初得到了企业的赞助，大香格里拉大型综合科学考察活动得以实现。

　　此次科学考察活动，得到了全国人大常务委员会环境与资源委员会、中国科学技术协会、中国科学院、中国气象局、西藏自治区人民政府、云南省人民政府、四川省人民政府的支持，由重庆九州SOD科技产业集团提供赞助经费。

　　此次综合科学考察活动在于借助企业的支持和新闻媒体的适时准确宣传，达到如下目的。

　　（1）普及大香格里拉的科学观念：美丽而纯洁的自然环境（冰雪、森林、草地、山川和清新的空气、纯洁的环境融于一体），人类与自然和谐共存（人类自发或自觉地认识、适应自然环境并与自然环境和谐相处、共同发展）的氛围，这就是人类向往的大香格里拉。

　　（2）解释大香格里拉的成因：特殊的板块运动为青藏高原的东南部形成了陡峭的地形、深切的峡谷并创造了两条水汽通道：雅鲁藏布江水汽通道和三江（怒江、澜沧江、金沙江）水汽通道。

（3）促进川滇藏三省区尽快联合开发中国的大香格里拉绿色旅游。

（4）呼吁人类热爱、保护中国的大香格里拉：大香格里拉是中国的也是全人类的财富，需要全人类共同热爱和保护她！

● 大香格里拉使命 ●

近年来，党中央在倡导建立中国和谐社会时强调，人与自然和谐发展是建立和谐社会的一个重要组成部分。在西部大开发的过程中由于其自然生态环境的特点，如何促进人与自然和谐发展更是要认真面对的一个重要课题。

中国科协和中国科学院坚决贯彻党中央科技兴国和科学普及的战略决策，要求所属部门的工作要为国民经济建设和人与自然和谐发展服务，为全民科学普及做出贡献。

为了响应党中央倡导建立和谐社会的号召，落实川滇藏三省区政府对我们的期望，在得到企业赞助后，中国科学探险协会决定于2006年10～12月间对中国的大香格里拉区域进行综合考察。

这次考察活动旨在落实《四川省云南省西藏自治区人民政府关于联合实施中国香格里拉生态旅游区旅游合作的专题纪要》精神，为川滇藏三省区的经济建设和让世界更好地认识了解中国的大香格里拉起到帮助和促进作用。

这次考察活动跨越川滇藏三省区八个地州几十个市县，涉及自然、社会、人文、宗教等十几个学科，历时近60天，

▲ 理塘河谷漫山红叶与清澈的流水
▶ 蓝天白云，山水谐韵

是一次大型的综合（自然和人文）科学考察与科学普及结合的活动。

　　过去，中国科学院和国内有关科学家曾经在这些考察区域进行过多次综合科学考察，取得了可喜的科学成果。此次大型综合科学考察，一方面增加了一些知名的社会科学家、人文科学家，加强了科学考察的综合性，期望在学科交叉方面有所前进；另一方面，由于有国内多种新闻媒体适时地、真实地、通俗易懂地科学报道，更易于把已经取得的以及新发现的科学成果用于解读和普及中国的大香格里拉的科学问题和科学概念。

　　综合考察的主题是促进人与自然和谐发展与解读普及中国的大香格里拉的十大科学概念。

（1）香格里拉的科学内涵是什么？香格里拉和香巴拉有什么关系？

（2）中国的大香格里拉究竟在哪里？

（3）什么力量造就了中国的大香格里拉？

（4）为什么中国的大香格里拉是多民族聚居的天堂？

（5）梅里雪山为什么是"圣山"？

（6）雅鲁藏布江水汽通道与中国的大香格里拉的形成有什么关系？

（7）三江（怒江、澜沧江、金沙江）水汽通道与中国的大香格里拉的形成有什么关系？

（8）印度板块、欧亚板块和太平洋板块交汇与中国的大香格里拉形成有什么关系？

（9）"亲近中国的大香格里拉区划图"的科学理念是什么？

（10）为什么"亲近中国的大香格里拉区划图"是"中国的大香格里拉生态旅游区旅游发展规划"的组成部分？

综合考察的目标是：

（1）编制"亲近中国的大香格里拉区划图"，作为制定"中国的大香格里拉生态旅游区"规划的主要内容；

（2）为"中国的大香格里拉"申请世界自然文化遗产提出科学依据；

（3）为雅鲁藏布大峡谷申请世界地质公园提出科学依据；

（4）对中国的大香格里拉地区的资源保护和生态恢复提出科学建议；

（5）进一步发现中国的大香格里拉地区有价值的自然资源

和文化特色；

（6）全面诠释"大香格里拉"的科学涵义；

（7）挖掘中国的大香格里拉地区各民族与自然和谐发展的经验和教训；

（8）对干旱河谷地区的新农村建设提出科学设想；

（9）为在西部大开发过程中处理好人与自然和谐发展提出科学建议；

（10）编辑出版走进大香格里拉丛书，举办大香格里拉摄影、艺术作品展，让世界了解中国的大香格里拉。

● 从木里到稻城 ●

枯树沧桑

2006年10月28日，我与刘嘉麒、杨逸畴、李明森、张文敬、张柏平、旦增等20多位科学考察人员离开北京，前往我国川、滇、藏交界地区进行大型综合科学考察。

综合科学考察主要包括以下五个生态文化圈。

（1）大理—苍山白族文化圈：苍山哺育了洱海和大理，洱海低地的发展又影响苍山，苍山、洱海因而是一个密不可分的整体。对山地景观和人文特点的全面深入研究应是解读"大香格里拉"的关键之一。

（2）丽江纳西生态文化圈：丽江是纳西

115

理塘河畔山峦起伏，云雾
缭绕

族聚集区，有东巴文化遗存（东巴象形文字、东巴音乐舞蹈、东巴经等），有如擎天玉柱的玉龙雪山，有著名的万里长江第一湾，有中国最大的的泉华台地之一的白水台和原始母系社会的遗风。纳西族人民敬重自然、保护自然，与自然和谐相处。

（3）滇西北生态文化圈：三江并流（金沙江、澜沧江、怒江）地区是世界自然遗产，具有世界上绝无仅有的自然发育史、生物多样性、景观多样性和文化多样性，特别值得我们关注和认识。独龙江更为奇特，其蕴涵的生物、景观、民族特点有待我们去了解和认识。

（4）藏东南生态文化圈：藏东南地区是亚热带向青藏高原过渡的地带，基本保持自然原生态，雪山、冰川、湖泊、森林、草地，展现无限的组合，景观类型极其多样，是认识大香格里拉自然属性的极佳场所。同时这一地区的寺庙和藏族文化也极具特色。

（5）川西南生态文化圈：这一区域的藏族文化特色明显，自然与人文融为一体，从这里我们可以领悟到自然与人类和谐的典范。其中，仙乃日峰、央迈勇峰、夏诺多吉峰被称为三座神山，令人向往。

在此次中国的大香格里拉综合科学考察中，我的重点在川西南生态文化圈和丽江纳西生态文化圈，这是我过去比较少去或没有去过的地方。

下面仅介绍笔者在川西南生态文化圈的一次探险考察——从木里到稻城。一个偶然的机遇让我走进了川西南生态文化地区，从木里艰难地到达了稻城。

洛克的诱惑

木里藏族自治县位于四川省西南边缘，地处青藏高原南缘的横断山脉中段，具有横断山脉的气候自然环境特征。境内山峦重叠，河流环绕，最高海拔5958米，最低海拔1470米，相对高差大，具有丰富的垂直变化气候带和自然带。和横断山脉地区一样，立体气候显著，有"一山有四季，十里不同天"的特征。

县境东面和东北面分别与冕宁县及甘孜州九龙、康定两县隔雅砻江遥望，北面与甘孜州雅江、理塘两县接壤，西北面与甘孜州稻城县连界，东南面与盐源县毗邻，西南面与云南省迪庆藏族自治州中甸县、丽江地区宁蒗彝族自治县犬牙交错，并同云南省丽江地区丽江纳西族自治县一江相隔。

百余年来，从木里到稻城一线布满了探险家的足迹。其中，相当长时间生活在云南丽江的奥地利植物学家约瑟夫·洛克就曾经两次艰难地走过这条路线。

约瑟夫·洛克曾经受聘于美国《国家地理》杂志社，1923～1924年被美国《国家地理》杂志社派往中国，任命为"美国国家地理协会云南省探险队队长"。从1924年到1935年，洛克在美国《国家地理》等刊物上发表了9篇有关中国的文章，文章中以大量的黑白和彩色照片将这个神秘地方介绍给了世界。

1928年3月，约瑟夫·洛克和美国国家地理协会成员来到了木里，请求木里王帮助他到稻城的贡嘎岭山脉进行考察。当谈到考察稻城亚丁的计划时，木里王解释说，那一地区全名叫贡嘎日松贡布，根据藏族的宗教，夏诺多吉（金刚手菩萨）、央迈勇（文殊菩萨）、仙乃日（观音菩萨）分别住在那里三座雄伟的雪峰之上。这三座雪山是贡嘎岭周围山民的山神。如果哪个外乡人胆敢擅自进入这个地区，在被抢掠一空后会被杀掉。只有得到贡嘎岭地区头目德拉什松彭的允许才能够进入。由于木里王与德拉什松彭私交较好，他亲笔给德拉什松彭写了封信，得到德拉升松彭同意后，洛克才如愿以偿。

当年6月13日，约瑟夫·洛克一行带着36匹骡子和马，还有21个随从，离开木里，经米译嘎山至苏曲河，再翻越稻城海拔4985米的西沙山脉走进了亚丁地区，在亚丁境内考察了十几天。

同年8月，洛克第二次进入亚丁，又进行了为期十余天的考察。洛克先后两次进入亚丁境地，搜集了当地许多不知名的动植物标本，绘制了地图，还撰写了《贡嘎岭香巴拉，世外桃源圣地》一篇长达65页的文章，在美国《国家地理》上发表。

他在文章中曾激动地写道："在整个世界里，有什么地方还能有如此的景色等待着摄影者和探险者……"他对稻城境内的三座雪峰进行了倾情描述："夜幕降临了，我坐在帐篷前面，面对着藏民们称为夏诺多吉的巨大山峦。此时云已散去了，雷神的光彩呈现在眼前，那是一座削去了尖顶的金字塔形的山峰，它的两翼伸展着宽阔的山脊，像是一只巨型蝙蝠的翅膀……""仙乃日峰外形像是一个巨大宝座，好像是供活佛坐在上面沉思用的，它真像是藏族神话中天神的椅子。""在我面前，在晴朗的天空衬托下，耸立着举世无双的央迈勇雪峰，它是我见过的最美的雪山。"

看来，从木里到稻城真是值得一行啊！

初闻雄鹰谷

2006年11月4日晚，前木里县旅游局局长向我们介绍了木里北部山区神奇的雄鹰谷，令我们非常向往。他介绍说，他曾经多次进入雄鹰谷，那里谷深境幽，自然状态保存完好，即使当地居民也很少有人深入谷中。由于生态环境基本上保存原貌，生物种类较多，尤其是山鹰群居，有数百只。我们听了后都觉得木里县境内值得考察，尤其是雄鹰谷。

然而，由于2006年雨季公路塌方，不能乘汽车到稻城，全队10辆汽车只好经由西昌绕道去稻城。

我和中国科协的沈爱民同志设法乘摩托车沿着木里到稻城的老路去稻城，途经四川木里县西北部地区考察，并了解雄鹰谷的一些情况，为以后开展科学考察打下基础。

木里县西北部地区交通不便，通信条件很差，乡政府对外联系是靠每天两次定

▲沈爱民漫步在山谷中
▶沈爱民在不停地拍照

时的电报。雄鹰谷是外界很少有人去过的地方，当年的洛克也没有福气光临这块土地。

雨中穿越理塘河谷

11月5日上午，我和沈爱民由木里县科技局局长陪同，驱车去唐央乡，计划当天晚上到达稻城。

越野车在崎岖的理塘河谷中缓缓地自南向北爬行。路越走越窄，河谷越来越深，风景越来越美。时近深秋，红叶点缀在漫山遍野的森林中，与清澈的河水相伴，格外美丽；站在河谷中，抬头仰望，但见蓝天白云与多彩的山坡、湍急的河水相互照映，谐韵洋溢；理塘河畔，密林深处，枯树参天，给人以古老沧桑的感觉；那叠峦起伏的群山、山腰郁郁葱葱的森林以及群山上缭绕的云雾，仿佛蓝月亮山谷就在眼前。摄影爱好者沈爱民漫步其中，不停地拍照。

下午3时，途中突然下起雨来，但见山头逐渐积起了雪。由于天气不好，道路难行，当晚没有到达稻城，只好先住在唐木

◄木里县三区政府所在地
▼沈爱民赞助的小学生在校长家里

▲　科技局局长把
车停下来等待（沈
爱民摄）
▶　我们在雨中停
下来拍照

探秘大香格里拉

◄ 云雾务笼罩漫山颜色深浅不一的红叶
▼ 秋韵中碧蓝的理塘河水缓缓向南流淌

漫山彩叶几乎覆盖了清澈流淌的峡谷

漫山画卷又一页

枫叶笼罩峡谷

峡谷深深，小路弯弯，秋韵盎然

里县三区政府所在地。

倾斜的大树横跨山谷

我们先询问了有关雄鹰谷的情况，得知从唐央乡的政府所在地出发，沿理塘河谷溯江而上，一天即可到达唐央乡的丁央村。从丁央村骑马1～2天，翻过10来座海拔3000多米的山口便可到达雄鹰寨。从雄鹰寨出发，翻越海拔4300米左右的雄鹰岩就能够进入雄鹰谷了。据说，在雄鹰谷中生活着数百只雄鹰，每年往返于西藏和雄鹰谷之间。看来，区里介绍的与县旅游局介绍的情况很相似。今后组织一些猛禽专家和自然地理学家、生态学家、气候学家、摄影家来雄鹰谷科学考察很有必要。虽然有一定难度，但不是不可克服！我们觉得不虚此行。

后来，三区的区委书记接待了我们，并带领我们参观当地的一所小学。学校没有电灯，孩子们在昏暗的煤油灯下艰难地做作业。我们仔细看看孩子们的学习用具，不是缺少笔，就是缺少笔记本……见到孩子们上学的困难，我们两人的心都受到了很大触动。我们找到了学校校长，沈爱民和我把身边能够捐助的现金都拿了出来，校长给我们留了收条，并表示一定会用在孩子们最需要的地方。

是夜，住地小雨绵绵，山上下起了雪，山头逐渐披上了银装。望着山上茫茫白雪，我担心第二天翻越山脊的路会有困难，索性走出招待所，尽可能地寻找头顶上比较开阔的天空，我想从云的状况和变化推断明天的天气。由于天空太暗，山谷狭窄，云很难观测，更难推断天气了。局长向我介绍说，前一段时间木里非常干旱，将近一个月没有下雨了。"久旱后下雨，恐怕很难立刻停下来。"我心里思考。"我们明天的行程恐怕艰难啊！"局长也面带忧虑。

11月6日早7时，小雨仍然不停。天刚蒙蒙亮，我们就起了床，在雨中寻找卖雨衣雨布的店铺，准备在途中使用。司机隆布的老家是木里的东朗乡，也就是我们要翻山去稻城必经的地方。他见附近山头已经积雪，担心山口积雪太多，摩托车难于翻过雪山口。他把他的顾虑悄悄告诉了我。此情此景，我们必须尽快决定今天的行程。我与沈爱民商量，得知他必须于11月9日赶回北京参加重要的外事活动。我们没有退路，不能打退堂鼓啊！

"深秋的雨不会下很久，雨会逐渐停下来。"我对司机隆布说。其实，我也没有多大的把握，也许是对司机顾虑的回答，也许是自我鼓励吧。

从三区到唐央乡政府所在地只有30余千米，但山谷越来越深，风景越来越美。我和沈爱民虽然想赶路，但仍然经不起如画风景的诱惑，不时停下来拍照。短短的路程却让我们走了两个多小时。

我和沈爱民去过世界上很多人迹罕至的地方，见识不谓不广。我也曾经欣赏过南极、北极的冰雪世界，欣赏过珠峰冰塔林童话般的奇幻风光，欣赏过喜马拉雅山脉南坡的壮丽景观，也欣赏过雅鲁藏布大峡谷中雄伟而壮丽的美景……然而，此刻

▲ 雪山、云雾、清流与漫山红叶相映生辉
▶ 湍急的流水
▼ 高挂的吊桥

127

沉醉于理塘河谷中的我们不知为什么，明明知道要赶路，可就是不能够停下手中的相机，贪婪地在雨中拍照。木里县的局长也只好"主随客便"，时不时地把车停下来让我们拍照。

但见那云雾笼罩下漫山颜色深浅不一的红叶与清澈流水组成了人间难得一见的画卷，那深深峡谷中的弯弯小路穿越于秋韵盎然的画卷中，有时那漫山彩叶几乎覆盖了清澈流水的峡谷，你会觉得似乎步入了彩色的林海之中。一颗大树倾斜了，几乎横跨山谷，一颗红叶满挂的枫树也几乎笼罩了山谷，把理塘河谷点缀得美如天堂，令人流连忘返。

遥想"蓝月亮山谷，"如果她有灵的话，也会为之含羞而去了。

山谷中湍急的流水、高挂的吊桥，令人回忆起过去那难行的羊肠小道。

雨中的山谷在深秋的红黄绿叶衬托下分外美丽，山的高处下着雪，森林被白雪装扮，与其低处的秋色构成了美丽和谐的人间天堂！

雪后难翻雪山

上午10时，我们到达唐央乡政府所在地。它远离公路，在一座小山上。由于我们没有于前一天晚上按时到达，乡政府没有人接待。一位女同志让我们进了屋，为我们递上了滚烫的酥油茶，我坐下来，品尝好久没有喝过的酥油茶，感到分外可口。

等了一会，乡文书赶来了。他边走边对局长说："昨晚没有

▲ 唐央乡政府办公所在地
▶ 作者在品尝滚烫的酥油茶
（沈爱民摄）
▼ 雪后的唐央乡民居

等到你们，我们担心今天你们会被雨阻挡在山下了。"

眺望雪后被雾笼罩的唐央乡居民住房，我理解，这么坏的天气，乡政府认为我们不能够前来，当然没有准备了。

这时我看到有几个孩子在买什么食品，两个孩子坐在那儿品尝着美味，其乐融融。

尽管如此，我仍然想，由于县里已经提前通知乡政府准备

▲ 孩子们在购买食品
▶ 两个孩子吃得津津有味

摩托车送我们翻山到稻城，我认为送我们的摩托车很快会来。

我们耐心地等待。然而，左等右等，还是不见摩托车的影子。当乡文书返回时，我们才知道了真正的原因。原来，昨天已经答应送我们翻山的摩托车主今天看到山上下雪，不敢走了！

面对这突然的变化，我感到了问题的严重性。我友好地为乡文书拍照，希望得到他的理解与支持。

局长把我们急于要过山的情况告诉了乡政府文书后，他好不容易找到了两位家住东朗、现在这里修摩托的小伙子。然而，我们需要4辆摩托，还缺2辆呢。文书说不好找，路不好走，人家不愿意去。文书不停地咳嗽，显然是感冒了，我赶忙送他一袋治疗感冒发烧的药，让他赶快服下。文书又去忙了，一个小时后找到了三辆摩托车。

雪后驾驶摩托车翻山，既困难又有危险，我与三位驾驶者恳切谈话，希望注意安全，并加倍付给了报酬。我们把沈爱民的大箱子放在一辆小的摩托车上，准备在另外一辆马力大一点的摩托车后座上乘坐两个人。

当时已经12时了。前一天晚上，木里县科技局局长在木里三区曾通知稻城那边"明天12时至下午2时派车来接我们"，这显然不可能了。然而，乡政府没有电话，我们的手机没有信号，着急也没有用。一直等到下午1时，我们的摩托车队才算出发了。

我第一次坐摩托车，又是在坡度如此大的山谷中，在泥泞的小路上，我心里很不踏实。从唐央乡政府所在地出发，大约

131

好不容易请来了的三位摩托车车主

有1000余米长的路一直是沿陡坡而下，我背着笔记本电脑，感觉自己的重心不稳，左右摇晃，两足的踏板也踏不牢，与驾驶员总不协调，他不时提醒我"不要动"。我的两条腿快抽筋了。

终于，约过了20分钟，摩托车往左拐弯，好不容易走到了公路上，坡度稍小了，路也平坦多了，腿也不抽筋了。

刚走出10多千米，我乘坐的那辆摩托车链子断了，沈爱民乘坐的那辆摩托车回来了，两位司机共同修车，沈爱民只好步行往前走。我留下陪着修车。一会儿，司机说链子不能用了，要返回到一个村去找链子。两位司机走了，我一人留在原地看守摩托车，等候他们回来。

我找到一棵伐倒在地上的大树，躺在那里守车等候。静悄悄的林中，不时传来一声声鸟鸣，我透过树林望着蓝天白云，那多变的云彩让我回忆起了我的少年时代。

那是12岁的时候，我在四川大邑县安仁中学读初一。一天，学校少年先锋队开会完毕时已经晚上8时过了，我摸黑回

▲摩托车终于驶上了公路
▶在林中修理摩托车

作者很快追上了在途中拍照的沈爱民

家，途中必须穿过一片林子。当我走进那片林子时，寂静的树林更显黑暗。我心里发毛，不知害怕什么，隐约觉得后面有人跟随。我加快了脚步。突然，一声巨响从我头顶上传来，吓得摔了一跤。我加速跑出了林子。后来才知道，那是一只猫头鹰。

回想到这里，我不由一笑……两位司机也找到链子回来了。

大约下午1时50分，摩托车修好后，我们又出发了，很快追上了正在途中拍照的沈爱民。

开始，我们仍然沿着理塘河谷向上游走，右侧是理塘河谷中一片比较开阔的平坝，老乡养的牛稀稀落落地在河谷中漫步；左侧是另外一个垭口，垭口两旁似乎有寺庙的标志。

理塘河谷短短的旅途仍然风景优美。当摩托车开始往左拐

133

▲ 垭口两旁的寺庙
▶ 理塘河谷中漫步的牛群
▼ 奇怪的"寄生包"

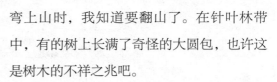

探秘大香格里拉

弯上山时，我知道要翻山了。在针叶林带中，有的树上长满了奇怪的大圆包，也许这是树木的不祥之兆吧。

此后，摩托车艰难地行驶在雪后泥泞的、坎坷不平的路上，我们时不时地要下来推车。

走过那段艰难的、泥泞的雪路，大家都累了，为了安全起见，我们停下来休息，大家高高兴兴地合影留念。

我们继续往山顶爬行，坡度越来越陡，

▲摩托车在雪地上行驶
◀摩托车在雪地上摇摇晃晃地
前进

▶经常要下来推车
▼休息时作者为沈爱民拍照

135

积雪越来越深。在困难处我和另外一辆摩托车的驾驶员隆布都下来步行，让空车往上爬。沈爱民的驾驶员依仗他那辆摩托车的马力大，尝试要带沈爱民开上雪坡。摩托车嗷嗷吼叫，车轮打滑不能前进，沈爱民不得不下来了。他在雪地上推车，开始推不动，当他用尽全力推车时，摩托车突然前进了，沈爱民也跟着摔倒在雪地上，我在旁边正好拍到了全过程。

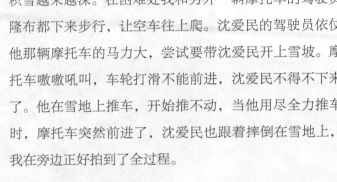

沈爱民在雪地上用力推车

▲摩托车启动，沈爱民往前扑去
▶由于惯性作用，沈爱民进一步往前扑
▼终于摔倒在雪地上

两人合力才把摩托车推上山脊

探秘大香格里拉

136

就这样走走停停，到达垭口时已经是下午5时50分了。

回京后，我们才知道，就在我们到达山脊时出了问题：沈爱民的手机由当地陪同的干部布朗带着，正巧在山脊上有了手机信号，也正好沈爱民的夫人打来了电话。布朗打开手机接听，信号突然断了，他只好关机。这就麻烦了！沈爱民的夫人认为我们两人被绑架了，连手机也落入他人手中了。于是，她给协会的王维、郭宝新等人打电话，报告了这个坏消息。郭宝新马上给考察队里的李杰打电话追问。由于我们有一天半的时间手机没有信号，问题就闹了一天半，这是后话。

在快要接近垭口时，坡太陡，我乘坐的那辆摩托车爬不动。我下了车，让司机自己开上去，我徒步而上，终于在下午5时55分到达垭口。

巧遇贡嘎山云海

此时，我回头一看，在贡嘎山方向的雪山、云海太美了！我几乎是在屏住呼吸拍照，唯恐失去了这难得的机会。根据我多年在山区科学考察的经验，雪后山区的云变化很快，有时那最美的景色一闪即逝，有时那最美的景色会突然来临。我从下午5时56分开始拍摄贡嘎山方向的云海，一直拍到下午6时10分，前后约15分钟的时间，拍了45张贡嘎山区的云海照片。

在这段时间里，贡嘎山方向的云海发生了很大的变化。下午5时56分，贡嘎山顶峰露出云海，蓝天中不时飘动着碎积云和碎层云；5时59分，贡嘎山方向的山脊上云海茫茫，山脊时隐时现；6时2分，贡嘎山顶峰及其邻区全为云海笼罩；6时3分，

贡嘎山顶峰又从云海中露头，但浓积云仍然旺盛；6时6分，贡嘎山顶峰及其邻近山峰从云海中露出；6时7分，云海几乎遮蔽了贡嘎山顶峰及其邻近峰顶；6时10分，云海把贡嘎山全笼罩。真是瞬息万变啊！

贡嘎山顶峰和紧邻的中山峰清晰可见（下午5:56）

▲ 贡嘎山附近的云海与山脊清晰可见（下午5:59）
◀ 贡嘎山顶峰被云海笼罩（下午6:02）

◀ 贡嘎山顶峰从云海中露头（下午6:03）
▼ 贡嘎山顶峰时隐时现（下午6:06）

▲ 贡嘎山云海慢慢笼罩峰顶（下午6:07）
▶ 贡嘎山顶峰及其邻区均被云海笼罩（下午6:10）

沈爱民和摩托车司机在垭口等待

当我紧张而兴奋地拍摄贡嘎山方向云海变化的照片时，我真是沉醉其中了，没有注意到我的伙伴沈爱民干么去了。拍摄云海快完毕时，我才看到他正在垭口笑眯眯地看着我，一副怡然自得的样子，几位摩托车司机正在垭口等待。

5个多小时的艰辛奔波、翻山越岭，5个多小时的提心吊胆，5个多小时的亲近理塘河谷，5个多小时的美景欣赏，酸甜苦辣麻五味俱全，一切的一切都凝聚在一张张精美的照片中了……

翻过垭口后，太阳慢慢下落，我们的摩托车也加快前进了。此时，我已经非常习惯坐在摩托车后座上了，有时与同伴挥挥手，有时左手轻轻搭在驾驶员肩上，右手举起沉重的相机，在飞奔的摩托车上自由地拍摄，虽然效果不算太好，但我

夕阳洒在山坡上

▲ 为摩托车加油
▶ 刚刚下山，摩托车轮胎就
被扎破了

像火烧红的天空

是坐在崎岖山路上快速前进的摩托车上啊！

就在我们快速下坡的时候，一辆摩托车的轮胎被扎破了，需要补带。我们在昏暗中补带，我的小刀被借去使用。时间迅速过去，看来是修不好了。我们改变方式，我和陪同的干部隆布坐一辆，沈爱民坐一辆，轮胎破了的那辆摩托车只带行李。

我们在黑夜中快速前进，大约晚上7时，我们来到隆布的一位朋友家，给摩托车补胎。

刚刚离开这个村庄，行驶状况最好的摩托车没有油了。大家停了下来，从另一辆摩托车取油来补充。然而不幸的是，没有带油箱的钥匙。几个小伙子群策群力，撬开油箱盖子，总算加了油。大家虽然冻得发抖，也只好启程赶路了。

隆布的弟弟家

晚上8时20分左右，我们来到隆布的弟弟家。隆布的弟弟告诉我们，稻城来接我们的车一直等到下午6时才回去。我们又冷又饿，喝了一碗热奶茶，烤了火，又出发了。我心里想，但愿不要再出问题了。

真不顺利，离开隆布弟弟家不久，我乘坐的那辆摩托车的链子又断了。只好再留下另外一辆摩托车，两个驾驶员一起修车。

没有办法，我们又改变方案，隆布坐上唯一的那辆可以行驶的摩托车先去东朗乡联系，我和沈爱民徒步慢慢前进，等待东朗乡派车接我们。

月夜漫步山谷

幸好苍天有眼，山谷上空的明月为我们照明伴行，我们享受着这难得的山谷夜行。

沈爱民是一位爱好户外探险的人，他曾经参加过1995年徒步赴北极点的科学探险，2005年与我们一道去南极和亚马逊科学考察。回忆那段难忘的岁月，他非常感慨地说，南极北极探险都去过了，没想到在木里的山谷中会遇到这样奇特的困难，好在有惊无险啊！

我对沈爱民说起第一次去珠穆朗玛峰的故事。1966年3月初的一个夜晚，也是在一个明月夜，我与队友刘医生分手后，独自一人向珠穆朗玛峰大本营走去。当时离大本营还有4千米左右距离。我尽可能快地奔走，为的是尽快向登山队队部报信，派车去营救我们在途中抛锚的汽车。我背着一支自卫用的半自动步枪，走着走着，仿佛身后有人在紧紧跟着我走，我越走得快，跟走的人也越快。我心里紧张，赶忙把半自动步枪握在手中，以防不测。其实，那是我的心理作用，待我大胆地回头时，什么也没有，只有月光下我的身影。说到这儿，两人都爽朗地笑了。

月影下，两个男人的影子在寂静的山谷中缓缓移动。月光洒向雪山上的积雪，淡淡的云朵飘过雪山时在山顶的留影宛如淡淡的雾，山腰的森林在淡淡的月光下更显得幽深……远处，隐约传来一阵阵狗吠声。"也许，这就是香格里拉的明月夜吧！"沈爱民还是个文学爱好者，他熟悉《消失的地平线》这部小说，"说不定我们就走在蓝月亮山谷中呢！"我似乎也有同感，心目中的香格里拉立刻就浮现在眼前……

我建议，我们两人合写一首诗描述我们在月光下漫步山谷的情景，但不许有月亮两字。这就有难度了。我们冥思苦想，你一言，我一语，终于凑出了一首来："木里山坳影漫步，云过雪峰留淡雾。夜静犬吠声声慢，疑入香格里拉谷。"虽然不

143

算很满意，但那"影漫步"、"夜静"以及云飘过雪峰后留影的淡雾也暗示了我们在月影下漫步啊！

不知走了多长一段路，突然"嘎"地一声，一辆摩托车从我们后面停下来。原来那个摩托车车链子一时还修不好，只好留在隆布的弟弟家继续修。因此，他们又借了一辆摩托车。

我和沈爱民同坐这辆摩托车，两人的体重都不轻，摩托车艰难地行进。待我们的摩托车到达东朗乡时，已经是夜里9时了。乡党委书记等都在等着我们，暖暖的酥油茶和热呼呼的饭菜缓解了我们的"饥寒交迫"。待到我们睡觉时已是夜里10时多了。

这一天，由于不断改变计划，加上没有通信条件，考察队和北京那边都着急了。第二天到了稻城，收到若干条信息，那都是因为担心我们前一天的安全而发的。

此次从四川木里到稻城的考察，为今后进一步考察雄鹰谷打下了基础；另外，从某种意义上说，在我的人生道路上我又一次走进了香格里拉大自然的怀抱，又一次体会了人生的苦与乐、惊与险，回味无穷。

● 大香格里拉之美 ●

大香格里拉的美，一方面美在大香格里拉本身特殊的、无以伦比的自然环境，美在大香格里拉地区人与自然、人与人的和谐之美；另一方面，更美在我和我的队友们亲近她认识她、适应她的过程，美在我们为她与人类和谐相处、共同发展所付出的努力的过程，美在我们与新闻媒体结合把她图文并茂地介绍给世人的过程，美在我们让更多的人了解认识她、喜欢她并与她同呼吸共命运的过程。

大香格里拉的自然环境美，是她那独具特色的、无以伦比的壮美山河，是她那举世无双的雅鲁藏布大峡谷，是她那奇特的横断山脉三江并流，是她那以雅鲁藏布江下游和三江水汽通道作用的共同魅力，把川滇藏三省区交界处的自然环境美融合并提升到更高的境界。

下面仅从"高山峡谷美"、"高原湖泊美"和"多彩和谐美"三个方面来叙述。

高山峡谷之美

大香格里拉美，究其自然美而言，首先要算"高山峡谷美"。

在大香格里拉中，由于地球的三大板块在这里交汇，形成了许多深切的峡谷，其奇特的地形地貌往往留驻在人们心里。我在过去几十年的科学考察中有幸拍摄了它们的一些美貌，愿与读者分享。

从空中俯瞰青藏高原上的峡谷，那是别有一番情趣。但见皑皑白雪之下蕴藏着绿色的森林，森林下面是蓝蓝的峡谷。

当偏西风吹过横断山脉上空时，南北走向的山地会在背风坡一侧形成背风波动，紧邻山脊地区会出现下沉气流，往往带来焚风现象，呈现干旱河谷面貌。这种现象在澜沧江河谷最为显著。

在怒江河谷，尽管偏西风越过横断山脉西部上空时也在怒江河谷中带来背风波动，形成了焚风，不利于怒江河谷多种植物生长，然而，由于印度洋暖湿气流沿着怒江河谷自南向北的水汽输送很强，为澜沧江河谷中自南向北水汽输送强度的6倍左右，因而这里的自然景观与澜沧江河谷迥然不同，雪山下面分布着茂密的森林，亚热带的阔叶林也随处可见，清澈的河水奔腾而下，蔚为壮观。

在雅鲁藏布江下游，特别是在雅鲁藏布大峡谷中，由于溯江而上的强大的水汽

145

▲ 俯瞰青藏高原上的峡谷一
▶ 俯瞰青藏高原上的峡谷二

澜沧江上游的干旱河谷

探秘大香格里拉

146

输送（约为怒江河谷水汽输送强度的2倍），深切的峡谷中全为绿色覆盖，清澈的流水欢快地流淌在峡谷之中。如果你步行其间，在抬头低头之间就可欣赏到从极地到热带的风光，那是多么令人心旷神怡啊！君不见，那低处的阔叶林展现了热带亚热带风光，在针叶林带上面的冰雪带，那是极地风光的代表。在大香格里拉中，深切河谷的自然景观在澜沧江、怒江和雅鲁藏布江的河谷中迥然不同，这是峡谷美一方面的内容，而曲曲弯弯的大小拐弯又是峡谷美的另外一方面内涵。

　　大尺度的长江第一湾就在四川石鼓附近，它紧紧地与密集人口居住区相邻，显示了它与华夏子孙的亲密关系。事实上，长江正是由于这一大拐弯才成为中华民族的内陆河，而且是世界第三大河！

怒江中游河谷一

怒江中游河谷二

怒江下游河谷

▲ 热带到极地的风光全在抬头低头一瞬间
◄ 雅鲁藏布大峡谷一角
▼ 长江第一湾留住了华夏儿女的内陆河

探秘大香格里拉

由于地球三大板块的相互作用，这里的河流拐弯非常频繁，几乎随处可见。

怒江大拐弯常常在云雾缭绕之中，显得分外妖娆。在怒江大拐弯内侧有个半岛叫"桃花岛"，据说是因岛上的桃树多而得名。直到我们2006年12月去的时候，岛上仍然没有通电，一座狭窄的铁索桥把桃花岛与外界联系起来。如果说这里是"世外桃源"还真有点切题啊！据说岛上居民仍然在使用油灯。

位于西藏扎曲附近的帕隆藏布江大拐弯也是人间难得的

◄ 怒江大拐弯内侧的桃花岛
▼ 位于云南丙中洛附近的怒江大拐弯

▲ 帕隆藏布江的大拐弯
▶ 云雾笼罩，帕隆藏布江大拐弯山头宛如戴上了"王冠"

好地方，一年之中几乎都被云雾笼罩。在茫茫云海之中，大拐弯时隐时现，云雾笼罩大拐弯内侧的山头，宛如女王戴上了王冠。这个大拐弯与雅鲁藏布大峡谷最北端的大拐弯仅仅相隔一里之遥。雅鲁藏布江和帕隆藏布江是主流和支流的关系，而这两江的两个大拐弯却成了亲密的邻居。

雅鲁藏布大峡谷最北端的大拐弯要比上面相邻的大拐弯尺

度大。滚滚东流的雅鲁藏布江流淌到南迦巴瓦峰北坡时，受山地地形影响，突然先转向东北行进，绕过南迦巴瓦峰主峰后又突然向南急拐，形成了有名的马蹄形大拐弯。雅鲁藏布大峡谷之春和大峡谷之秋分别展现在我们眼前，雨后云海中的雅鲁藏布大峡谷晨曦更显得神秘壮美。

　　形形色色的深切峡谷自然景观面貌，大大小小的河流奇特拐弯，春夏秋冬不同的梳妆打扮，四季变化的美景……这些自然奇观均荟萃在了中国的大香格里拉地区，简直就是"造物主"对华夏儿女的一份偏爱，是送给我们的一份厚礼。

◀ 雅鲁藏布大峡谷之春
▼ 雅鲁藏布大峡谷之秋

▶ 晨曦中的雅鲁藏布大峡谷云海

高原湖泊之美

在青藏高原上，仅仅以西藏和青海两省区而论，面积大于1平方千米的湖泊有1092个，面积大于10平方千米的湖泊有346个，这两省区是我国湖泊最多的地区之一。位于大香格里拉地区的湖泊，还没有人认真统计过准确的数字，然而，根据我多年科学考察的了解，这里也星罗棋布地分布着众多的高原湖泊。

这些湖泊点缀在大香格里拉地区，增添了大香格里拉的魅力。白天，湖面水汽蒸腾，产生云雾，在阳光下形成倒影，宛如朵朵白云飘浮在大香格里拉上；夜晚，在淡淡月光照耀下，湖泊宛如一颗颗夜明珠，更给大香格里拉增光添彩。

大香格里拉地区的湖泊几乎都是高原湖泊，海拔高度一般都在1千米以上。在这些湖泊四周几乎都有高山环绕，高山上的冰川是这些湖泊的水源之一。

给我印象最深的是易贡湖和然乌湖，还有巴松错、纳木错、泸沽湖以及一些云南境内的小湖泊。

易贡湖位于青藏高原东南部，是山体崩塌形成的堰塞湖，海拔2200米左右。易贡藏布江终年自西北向东南流过，是易贡湖的水源。雅鲁藏布江下游水汽通道输送的印度洋暖湿水汽相当一部分是沿着易贡藏布江河谷向西北方向输送，使得易贡湖地区的年降水量达到1000毫米以上，为当地的气候环境带来有利的条件。易贡湖的四周生长着亚热带的阔叶林，诸如木瓜树等。早晨，水汽蒸腾在山腰或水面上，往往会形成奇特的云雾，在一定条件下与湖中的倒影相互映衬，奇幻无穷。美丽的易贡湖畔常常有藏族姑娘来玩，更是相映生辉。

▲ 易贡湖上变幻莫测的云及其
倒影

▶ 易贡湖上的朵朵白云，与湖
水中的倒影相映生辉

雪山、云雾倒映在易贡湖
水中

易贡湖畔的藏族姑娘

1983年夏天，我们在易贡湖畔观测研究雅鲁藏布江下游水汽通道作用，易贡湖曾经陪伴我度过40多个日日夜夜。每当云雾缭绕于易贡湖四周的山坡及湖面上时，我除了尽情地拍照外，还经常目不暇接地观看、深思，有时还会吟诗助兴。记得我曾经写过："碧波荡漾易贡湖，吞云吐雾幻梦湾。微风拂面奇景变，龙飞凤舞起翩跹。男儿有志在高原，水汽输送开新篇。天上人间都有道，求真务实代代传。"

然乌湖位于青藏高原的东南部，帕隆藏布江的最上游，海拔4000米左右。沿着帕隆藏布江向然乌湖输送的水汽大约为易贡湖的一半，这也是形成"青藏高原上的江南"的条件之一。春夏季节，沿着帕隆藏布江向然乌湖输送的暖湿水汽也给四周环绕的山上增添淡淡的云彩。然乌湖四周由高山针叶林环绕，冰川融水是然乌湖的主要水源。

为了观测研究雅鲁藏布江下游水汽通道作用，我曾经在然乌湖畔生活过20个日日夜夜。夜深人静时，山风吹拂四周的松树林，发出轻微的松涛声，悦耳动听。我们曾经在湖畔点燃篝火，吹起横笛，与轻微的松涛声组成了然乌湖畔的交响乐。正是："然乌湖畔赏松涛，月夜嫦娥舞洞箫。篝火鸣笛邀队友，仙翁半岛乐逍遥。"

当时年过40的我竟然自比"仙翁"，也许是为然乌湖的美感动，也许是受欧阳修先生的《醉翁亭记》的影响吧！

我爱泸沽湖，不仅仅是为泸沽湖的传闻所诱惑，而且是我亲临其境时发自内心的呼声。

被高山针叶林环绕的然乌湖

▲ 然乌湖畔对流形成的淡积云和浓积云
▶ 高山冰川是然乌湖的水源
▼ 俯瞰然乌湖：那弯弯曲曲的河流是帕隆藏布江的最上游

小船、小岛点缀在宽阔的然乌湖湖面上

从湖心岛上眺望，巴松错更显神秘幽深

海鸥在湖面上自由地翱翔

▲ 船公划船认真而又夸张的表
情煞是可爱
女人也加入了湖前船公们
的行列

探秘大香格里拉

平静的纳木错湖面，淡淡的远山，令人心旷神怡

通往湖心岛上的一段栈路

2006年12月2日，中国大香格里拉考察队来到了泸沽湖畔考察。站在高处眺望，那宽阔的湖面被一座长长的岛屿分隔，平静的湖面，淡淡的远山，令人心旷神怡；海鸥在湖面上或游弋或飞翔，给平静的湖面增添了活力；年轻的艄公划船时认真而又夸张的表情煞是可爱；女人也加入了艄公们的行列，也许是这里"母系社会"的痕迹吧！

那天，我在湖畔看到一位老人在用木炭烧烤银鱼，鱼是刚刚从湖中打捞上来的。我从来没有品尝过烧烤的银鱼，更没有品尝过刚从湖里打捞上来的鱼。出于好奇，我先买了一串品尝。"好极了。"我品尝后喃喃自语。"再来20串。"我对老人说。老人笑笑，立刻为我烧烤。原来，他是以为我一个人吃那么多而笑。他哪里知道，我的后面还有好几个年轻人呢。大家分而食之，顷刻一扫而光，的确太好吃了！

巴松错是位于拉萨与林芝之间的高原湖泊。我第一次去巴松错，是在1998年春预察雅鲁藏布大峡谷时顺便途经。我们一进入林木环绕的碧绿色的巴松错时，就感到非常震撼。碧蓝碧蓝的湖面为茂密的林木环绕，蓝天白云投下的倒影映在湖中，

157

湖中心的岛屿上从郁郁葱葱的树丛中露出一座神庙，给人一种敬畏的感觉。

怀着崇敬与好奇的心情，我们乘坐一只木筏登上小岛，从岛上向外眺望，巴松错更显得神秘幽深。

我曾经多次拜访巴松错。每次我都喜欢静静地坐在岛屿上的高处向外眺望，望着蓝天上的白云飘过时在湖中留下的倒影缓缓移动、变化。我似乎觉得，如果没有浮云飘过时在湖中引起的小小变化，宁静的巴松错真让人仿佛到了另外一个不在凡间的世界……

巴松错的静美让我铭刻在心。

纳木错，是世界上海拔最高的大湖，海拔约4700米。它是离天最近的湖，特别受到太阳神的青睐。这里的天最蓝，这里的湖水最蓝，这里的空气最清新，这里四周的雪山最白……除了藏族同胞献给神湖的哈达外，没有任何人工雕琢的痕迹。

要亲近神湖纳木错，必须翻越一座海拔5000多米的山脊，那也许是神湖对朝拜者的小小考验吧！人们往往喜欢站在湖畔凝望神湖祈祷，更有虔诚者用一个多月的时间步行绕湖朝拜。

当我站在湖畔凝望神湖时，那此起彼伏的波涛令我仿佛觉得自己身临一片奇特的大海岸边，纳木错是片令人心胸开阔的神湖！

中国科学院青藏高原研究所已经在纳木错湖畔建立了科学考察站，长期监测世界上海拔最高湖泊的气候环境变化，为神湖站岗放哨，为人类更好地亲近神湖提供科学依据。

在云南常常出现在山丘中的小湖泊，当地人叫"海子"。虽

◀ 人们喜欢站在湖畔凝望神湖祈祷

▼ 离天最近的纳木错保存了天然的本色

◀ 木里县境内的海子一

▼ 木里县境内的海子二

159

然海拔不算很高，面积也不算很大，但她们小巧玲珑，却是点缀大香格里拉美的精品画卷。

根据当地介绍，像这样的海子在云南比比皆是。尤其是在20年前，海子四周的山地全为森林覆盖，海子的水面要比现在宽阔得多。现在这样则是无序地砍伐森林留下的祸害。

多彩与和谐之美

除了上述的自然美外，丰富多彩的和谐美更是大香格里拉的重要内涵。

▲ 山谷中被雨后彩虹装扮的村庄
▶ 云南中甸的白水台紧邻村庄，人与自然和谐相处

▲ 云南丙中洛难得一见的日月
同辉景像
▶ 泸沽湖畔的云海
▼ 喜马拉雅山脉的月出

▲ 四面环山、小巧玲珑的小坝子
▶ 帕隆藏布江流域的百里桃花源

◀ 茶马古道上的学童
▼ 云南中甸山谷中的村庄

探秘大香格里拉

▲ 玉龙雪山下的丽江古城
▶ 群山环抱的小村庄

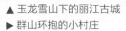

▲ 竹林环绕的茅舍
◀ 人们在坝子上收获丰收的喜悦

▲ 在雪山下耕种
▶ 坐落在幽静森林中的寺院
▼ 雪山下的寺庙与农庄

大香格里拉美，不仅在于她的大自然美，更在于她的多彩和谐美。大香格里拉美，美在你亲历大香格里拉中，美在你亲历大香格里拉后，用你的爱、用你的心去默默地体味。

这里有中国迄今为止发现的最大碳酸盐台地之一——白水台，有一泻而下的绒扎瀑布，掩映在桃花中的村落，至今还在使用的茶马古道，古朴的丽江古城，幽静的寺庙，淳朴的纳西族、东巴族同胞……大香格里拉的美需要人人去亲近，需要人人去体味……真正的美是美在人人的心中。

● 大香格里拉在哪里 ●

2002年5月25～28日，首届川滇藏"中国大香格里拉生态旅游区"座谈会在拉萨召开，这表明摒弃竞争、联合开发、共享"香格里拉"品牌已成为各方共识。会议把未来的"中国香格里拉"区域界定为川西南、滇西北、藏东南，并决定成立川滇藏"中国香格里拉生态旅游区"协调领导小组，通过了《川、滇、藏"中国香格里拉生态区"的意见》，并联合上报国务院审批。川滇藏三省区在共建大香格里拉生态旅游区中，把相互交界处的9个地州市共82个县（区）纳入"大香格里拉"区域，统一合理开发。"大香格里拉生态旅游区"面积约为61万平方千米，人口约为2100万。"大香格里拉生态旅游区"主要包括云南省的丽江市、迪庆藏族自治州、大理白族自治州、怒江傈僳族怒族自治州，四川省的甘孜藏族自治州、凉山彝族自治州、攀枝花市，西藏自治区的昌都地区和林芝地区9个地州市。

2004年7月,《中国国家地理》出版了《大香格里拉专辑》,认为不论是从文化、经济还是从社会、政治等方面来看,香格里拉都不应只是一个点,而是一个大的区域,这与2002年讨论会得出的观点非常一致。

2006年底,中国科学探险协会组织了为期46天的大香格里拉综合科学考察,考察范围涉及雅鲁藏布大峡谷以东地区。这个区域的各地方既有自然上的相似性,也有人文上的共同点。在自然地理上,大香格里拉位于青藏高原东南部,以横断山区为主体,包括金沙江、澜沧江与怒江三大江河中游流域的高山深谷地形区,基本上属于山地亚热带森林与高原温带草原之间的过渡区;在人文地理上,大香格里拉地区以藏族为主,拥有藏、汉、回、白、蒙古、彝、纳西、怒、傈僳、普米、独龙等众多各具文化特色的民族,人口相对稀少,是社会经济发展水平较低的地区。关于具体地域范围的确定,考察队一致认为应涵盖川西南、滇西北、藏东南的广大区域。

大香格里拉的地理位置示意图

▲ 作者在探访纳西老人
▶ 人与动物和谐相处
▼ 劳作后休息的藏族群众

▲ 云南大理三塔
◀ 百里桃花林中的农家
▼ 怒江河谷中的茶马古道

探秘大香格里拉

探索大香格里拉

　　自1980年以后的一段时间里，由于对《消失的地平线》的好奇，我认真阅读原著，对比思考小说中描述的地方与我亲身经历的青藏高原某些区域，对比思考蓝月亮山谷与雅鲁藏布大峡谷、三江并流流域，对比思考卡拉卡尔山与珠穆朗玛峰，对比思考香格里拉与香巴拉……我越来越觉得，我国青藏高原东南部的某些地区远远胜过小说中的蓝月亮山谷，远远胜过小说中的香格里拉寺庙氛围。

　　后来，我怀着梦幻好奇的心情，又一次次地走进青藏高原东南部的这些地区，考察研究这些地区，亲近认识这些地区。特别是2006年，我与国内20多位知名的自然科学家和社会科学家再度有序地进入川滇藏交界的这些地区，以求真务实的精神走进大自然，以学习探讨民族文化的心态走进多民族的生活圈，在众多科学家相互交流的基础上，似乎进一步走近了大香格里拉……

谁造就了大香格里拉

大香格里拉的形成原因

大香格里拉的形成是水汽通道和复杂地形、深切峡谷综合作用的结果。

印度板块、欧亚板块和太平洋板块在这里交汇复合，在青藏高原东南部形成了复杂的地形和深切的峡谷，形成了"两山夹一川，两川夹一山"的自西向东平行排列的山川南北走向，形成了雅鲁藏布大峡谷，切开了喜马拉雅山脉屏障，为三江水汽通道和雅鲁藏布江下游水汽通道提供了地形条件。在地形条件和水汽通道条件共同作用下，形成了丰富的垂直气候带和自然带。

雅鲁藏布江—布拉马普特拉河和怒江—萨尔温江、澜沧江—湄公河水汽通道是影响中国大香格里拉地区的重要因素。它们以800～1500克/（厘米·秒）的水汽输送强度沿着这些河谷逆江而上，把来自印度洋的暖湿气流通过这三条水汽通道在青藏高原东南部及其南侧形成了三条大降水带，一条影响西藏东南部及其南侧，年降水量达到4000～10870毫米，为世界第二大降水带；一条影响横断山脉西侧及中部，年降水量达到1000～4000毫米，为我国西南最大的降水带；一条影响横断山脉南部，形成自南向北年降水量为1000毫米左右的降水带。

与之相应，这里的热带纬度带向北推进了3°～6°，在北纬30°的地方仍然分布着热带作物；温暖湿润的气候和深切的山谷为动植物提供了得天独厚的自然条件，这里蕴藏着丰富的动植物资源；千万年以来的温暖湿润气候环境和众多的深切山谷，也提供了生物生存的有利环境，成为一些古老生物的"避难所"。尽管近百年来全球气候变暖，冰川大量退缩，但这里的海洋性冰川得益于水汽通道的恩惠，仍然在前进或维持；在陡峭的山地和深切的山谷中，分布着从亚热带

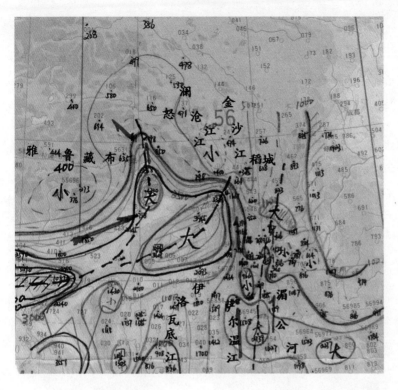

雅鲁藏布江和三江（怒江、澜沧江、金沙江）水汽通道对降水的影响

到极地的自然风光。

　　上述这些为人类提供了美丽而纯洁的自然环境，于是，人类选择这片理想的土地，邻水而居，择地而聚。由于这儿山谷深切，人们祖祖辈辈交流很少，天长日久便形成了多种民族居住的现象。这里的人们淳朴地敬山、敬水，淳朴地亲近她、适应她，祖祖辈辈与山水同呼吸、共命运，构造了藏族祖先心目中的香巴拉，当代人的大香格里拉！

171

亲近与尊重大香格里拉

亲近和尊重大香格里拉，是人类与大香格里拉和谐共存的先决条件。鉴于大香格里拉形成的原因是三条水汽通道与复杂地形、深切峡谷共同作用的结果，因而，她的美丽而纯洁的自然环境就有两重性。一方面，在水汽通道影响的某些地区（如台地），这种美丽而纯洁的自然环境为人类提供了亲近她的便利条件；另一方面，在水汽通道影响的陡峭地形和深切峡谷地区，这种美丽而纯洁的自然环境只为我们提供了"敬而远赏"的条件。这就是我们必须尊重的大香格里拉地区的个性，是我们与她和谐相处的前提。

梅里雪山，位于我国云南省西北部与西藏交界处，海拔高度6000米以上的山峰共有13座，主峰卡瓦格博，海拔高度6740米，被尊奉为"雪山之神"，至今仍然为一座处女峰。

就像人人的心里都有一块圣地一样，自然界也有她的圣地，梅里雪山就是山地之中的圣地。所谓圣地，就是人们心里的敬畏者，就是要"敬而远赏"的地方。

在梅里雪山及其邻近山区，既受三江水汽通道的恩惠，也受雅鲁藏布江水汽通道的影响，源源不断的印度洋暖湿水汽和这儿陡峭复杂的地形相结合，创造了梅里雪山美丽而纯洁的自然环境，同时也为这些高山地区带来了几乎终年不停的降雪，为雪崩提供了非常有利的自然条件。

梅里雪山是怒江与澜沧江的分水岭，地势为北高南低，怒江与澜沧江河谷是青藏高原四周向高原内地输送水汽的第二条通道[（其6～8月平均的水汽输送通量为：怒江528克/（厘

米·秒），澜沧江98克/（厘米·秒）]，仅次于雅鲁藏布江下游 梅里雪山被藏族同胞视为神山

水汽通道输送的水汽通量，加上地形抬升作用，非常容易在梅

里雪山地区带来降水。根据观测，福贡站和贡山站年降水量的

平均值为1530毫米，两站的年降水量分别为1393毫米、1667毫

米。从横断山脉地区的地形图可见，贡山站和福贡站都位于怒

江河谷中，贡山站位于福贡站的上游，而梅里雪山又位于贡山

站的上游，考虑到地形的抬升作用带来降水量的增加，梅里雪

山地区的年降水量应该大于福贡站和贡山站的降水量，估计在

2000毫米以上。

梅里雪山邻区降水量（毫米）的年变化

月	1	2	3	4	5	6	7	8	9	10	11	12	年计
贡山	55	138	181	196	126	250	202	154	152	133	53	27	1667
福贡	45	152	217	208	112	144	124	122	86	119	45	19	1393
平均	50	145	199	202	119	197	163	138	119	126	49	23	1530

11月～次年1月梅里雪山邻区逐旬降水量（毫米）

旬	11月上	11月中	11月下	12月上	12月中	12月下	1月上	1月中	1月下
德钦	7.8	4.1	2.3	2.6	3.9	1.3	2.5	3.1	4.6
贡山	20.6	16.5	16.1	8.8	10.5	7.6	11.4	18.6	25.0
福贡	21.6	12.5	10.4	4.6	7.8	6.8	7.7	17.4	18.6
平均	16.7	11.0	9.6	5.3	7.4	5.2	7.2	13.0	16.1

观测结果还表明，除12月以外，梅里雪山地区逐月的降水量都在50毫米以上，如此大的降水量非常不利于攀登活动；在12月上旬至次年1月上旬期间，旬降水量在5～7毫米，这一期间是一年中降水量最小的时段，若仅从降水条件来看，似乎是比较适宜于人们亲近梅里雪山的时段。

然而，由于梅里雪山地区位于怒江与澜沧江两条水汽通道之间，暖湿水汽输送与陡峭地形相结合形成大量降雪和雪崩，给人们的生命安全带来严重威胁。

南迦巴瓦峰的地形和降水情况与梅里雪山比较相似，我们可以从南迦巴瓦峰的雪崩观测资料来推测梅里雪山的雪崩情况。

据1984年3月27日～4月4日在南迦巴瓦峰大本营和2号营地同时观测到的雪崩次数资料（见表3），在降雪期间或降雪之后，容易出现雪崩（观测期间都出现了雪崩）；特别是在大的降雪（5毫米以上的降雪，如3月27日和4月2日）后的两天内，往往观测到频繁而强大的雪崩（如大雪后的3月29日和4月4日，分别观测到48次和10次雪崩）。在梅里雪山地区，据统计10天中至少有3个降雪日。显然，要避免雪崩非常困难！

1991年1月3～4日，中国和日本登山队在攀登梅里雪山的过程中，有17人因雪崩遇难，这是梅里雪山登山历史上的惨痛教训！

1984年3月27日～4月4日南迦巴瓦峰大本营降水（毫米，A）和在南迦巴瓦峰登山路线上观测到的雪崩次数（B）

日期	3月27日	3月28日	3月29日	3月30日	3月31日	4月1日	4月2日	4月3日	4月4日
A	8.9		0.0	1.1	1.7	3.8	5.8	2.5	5.2
B	2	5	48	3	10	2	3	3	10

在远离人类的山区发生雪崩，也许是大自然宣泄自己的一种表示，就像人们在原野里放声大喊、倾情高歌、手舞足蹈、狂奔乱跳一样，没有影响他人，我们何必去干扰它呢？然而，梅里雪山几乎常年都会不定期地发生雪崩，也就是几乎常年都会宣泄自己，我们何必一定要在这种情况下去攀登、去显示自己的英雄气概而失去人与自然的和谐呢？

这既是梅里雪山美丽而纯洁的自然特点，也是她不宜于人们接近的特殊条件，也许这就是她的神圣之处吧！既然如此，恭敬不如从命，我们就心甘情愿地把梅里雪山尊为圣山，在我们的心目中保存一些神圣的境地，永远尊敬地远望欣赏她吧！

丰富的旅游资源

大香格里拉地区是我国旅游资源最丰富、最密集的地区。作为相对独立的地理单元和传统的多民族聚居区，这一区域雄奇的自然风光、灿烂的传统文化、深邃的民族走

175

廊、独特的社会形态，编织出迷人的自然和人文景观，其珍稀性和独特性构成了高品质的旅游资源。

旅游资源的分类与特点

大香格里拉区域旅游资源可以分为三大类：其一，基于高山深谷地貌背景的自然旅游资源；其二，基于多民族传统的民俗文化旅游资源；其三，基于多民族交往的历史遗迹旅游资源。

大香格里拉地区旅游资源分类表

大　　类	基本类型
自然旅游资源	雪山冰川、江河峡谷、高原湖泊、森林草场、丹霞地貌等
民族文化旅游资源	宗教文化、婚姻习俗、节庆仪式、民间歌舞、服饰饮食、民居聚落及田园风光等
历史遗迹旅游资源	茶马古道、藏彝走廊、长征路线等

独特的美学价值

"雄险"是指由巨大山脉和深谷构成的主要地貌形态。大香格里拉自西向东包括：喜马拉雅山脉，雅鲁藏布大峡谷，念青唐古拉山脉—伯舒拉岭—高黎贡山脉，怒江峡谷，他念他翁山脉—怒山山脉，澜沧江谷地，芒康山—云岭，金沙江谷地，沙鲁里山脉，雅砻江谷地，大雪山，大渡河谷地，邛崃山脉。

当我们行于谷底，但见仰天一线，顿时会感觉到山的巍峨；当我们站在山巅，低头下望深切的河谷，立刻体会到峡谷的险要。滚滚急流冲破山脉阻挡，惊涛拍岸，卷起百丈巨浪，更显出"雄关天险"的壮观景象。巨大山脉孕育出的雪山景观，也可称为"雄"的代表和"险"的形象。

▲ 丽江古城的晨曦

▶ 白水台一角

"博大"是指其山河气势磅礴。这里处处是大尺度风景地貌，大部分山脉平均海拔为数千米，绵延上千千米，大部分谷地高差达数百米，延续上百千米。

当我们爬到山顶极目远眺时，但见山峦起伏，沟渠纵横，宛如大海中的波涛，浊浪翻滚，波澜壮阔。顷刻间，那博大之胸怀、豪迈之感觉油然而生。与此同时，那多种宗教共存、多种经济互补、多种文化形态共生所构成的多民族群体表现出人类的和谐与宽容，展示出思想的博大与恢弘。

"纯真"是指其原始、粗犷的自然与人文景观。这里海拔2400米以上主要为天然森林和草地，人烟稀少；海拔2400米以下为峡谷农区，人口相对密集。因此，大部分地区保持了自然的本来面貌。这种未经人工"雕琢"干涉的纯真景象，给人以

177

原始粗犷的"本底美"。同时，这里远离经济发达地区，客观上造成了相对的封闭。封闭导致历史上与外界的隔绝，而隔绝产生了距离。无论是思想意识、传统文化、风俗习惯、生活方式，几乎都保留了传统状态，这就构成了人文景观的"原生态"特性，她的纯真产生了无穷的魅力。

"迷离"是指这里的许多奇异现象令人感觉扑朔迷离。如自然景观的丹霞红岩、听命湖、阴阳瀑布、奇花异草及稀有动物等，人文景观的走婚习俗、宗教仪式、生活禁忌等大有"旷世奇观"的感受。

较高的科考价值

大香格里拉地区地处喜马拉雅构造带、念青唐古拉山构造带和横断山脉构造带的交汇处，内外应力活动强烈，地质构造十分复杂，地形起伏切割幅度大，地貌类型丰富。复杂的地质演化进程留下了数量众多、分布密集的不同时空尺度的旅游地质景观，形成了以地质遗迹、高山、峡谷、雪山冰川、森林和生物物种多样性为代表的自然旅游景观。其中，以高山峡谷、高山湖泊、雪山冰川为代表的地质旅游景观更为突出。这些旅游地质景观各具特色，具有很高的品位，许多是世界一流的地质地貌自然遗迹区，具有极高的观赏价值和科学考察价值。这里丰富的地质现象不但能揭示地壳演化过程，还能揭示全球气候演变

大峡谷中的绒扎瀑布

及环境响应等方面的信息，可以为科学研究者提供重要的信息资料。

除了世界闻名的三江并流地区的三大河流和三大峡谷以外，这里还有"神秘画廊"之称的香格里拉峡谷。它由多组峡谷组成，含有大量的地质演化信息，是名副其实的"世界峡谷博物馆"。白水台雄伟壮观，是中国迄今发现的最大的碳酸盐华泉台地之一；以玉龙雪山、哈巴雪山、梅里雪山等共同组成的雪山群，是北半球距赤道最近的低纬度雪山群；丽江老君山、兰坪罗古箐等地的丹霞景观造型奇特，环境优美，是世界上少见的高山型丹霞奇景。此外，若干地质遗迹和地质现象为研究地球演化过程提供了十分重要的参考资料，使旅游者在欣赏大自然美景的同时还能得到科学知识和科学思想的熏陶。

民族性和宗教性

自秦汉以来，这里就是我国著名的西南民族走廊——藏族、汉族、纳西族、彝族、白族、普米族、傈僳族、独龙族等诸多兄弟民族在这里繁衍生息，孕育了多姿多彩的民风民情和色彩斑斓的多样性文化，是中国少数民族多样性的中心地带之一。这一地区的少数民族都有着悠久的历史传统，代表了多种独特的文化系统，他们拥有自己的语言、知识、信仰、技术和艺术。每一种传统文化都形成了人与自然协调发展的互动体系。这些民族以自己的生活方式证明了传统知识和制度是如何保存、滋养和维持当地多样化的自然景观的。

这里宗教信仰氛围浓厚，有藏传佛教、天主教和伊斯兰教等宗教，其中影响较大的是藏传佛教。据不完全统计，仅甘孜一地藏传佛教寺庙就多达500余座，林芝有97座。甘孜地区的德格印经院保存了藏传佛教各大教派的经文，其数量之多、文献保存之完整堪称一绝。

旅游资源的分区

根据旅游资源的类型、特点、分布及交通条件，大致可将大香格里拉地区划分为以下三个旅游资源片区。

藏东南片区

以林芝、昌都为中心，包括波密、米林、墨脱、察隅、芒康等县，区内有世界第一的雅鲁藏布大峡谷、白雪皑皑的南迦巴瓦峰与众多大型海洋性冰川奇观，茂密葱郁的原始林海，山林环抱的然乌湖、易贡湖、巴松错，水草丰美的邦达草原，物产丰饶和充满江南韵味的林芝尼洋河谷与察隅河谷，还有著名的昌都强巴林寺、盐井天主教堂等，都以观赏雪域山川风光与地学生物学科考探险为主要内容。区内有林芝、昌都邦达两个机场和川藏、滇藏两条公路干线与内地及拉萨相连。

川西片区

以康定、稻城为中心，包括泸定、松潘、若尔盖、理塘、木里、甘孜等地。本区地处横断山脉核心，拥有蜀中最高峰贡嘎雪山、亚丁神山、四姑娘山及我国最大的若尔盖沼泽湿地草场、大渡河、雅砻江等大峡谷，兼有海螺沟国家冰川森林公园及九寨沟、黄龙寺两个著名风景名胜区，还有著名的甘孜寺、德格印经院等，亦是以观赏奇特多姿的山川风光与登山科考探险为主要内容。这里有九寨沟机场，有川藏公路等干支线，靠近内地，交通较方便。

滇西北片区

以丽江、香格里拉县为中心，包括大理市、宁蒗、德钦、贡山等地。区内有梅里雪山、玉龙雪山、哈巴雪山、白莽雪山和三江并流世界自然遗产（含虎跳峡、怒江大峡谷）及纳帕海、碧塔海、泸沽湖等风景名胜区，还有小布达拉宫——噶丹松赞林寺、飞来寺、茨中教堂、大研古城、束河古镇与丙中洛等地的茶马古道遗迹和纳西古乐、东巴象形文字等非物质文化遗产等。它以观赏奇丽山川风光与丰富人文景观为旅游的主要内容。区内既有中甸、丽江、大理三机场，又有滇藏公路等干支线，交通相对方便。

谐韵充溢大香格里拉

大香格里拉地区聚居的众多民族具有共同的利益基础，具有经济与政治的相互依赖关系，因而民族文化相互依存、相互融合，从而形成了独特的大香格里拉文化。

绒巴扎西认为，"无论是从文学作品中的香格里拉所表达的人文精神，还是从香格里拉丰富的历史文化积淀来看，和谐构成了香格里拉文化的核心价值。香格里拉文化中的和谐突出地表现在人与自然和谐、人与人和谐两个层面。""和谐在香格里拉文化中具有丰富的文化内涵和深厚的历史根基，也是香格里拉文化中最具有价值和意义的人文精神……""香格里拉文化的精神实质实际上体现的是：第一，在历史进程中，人们始终存在着一种人应该与自然和谐发展的历史意识，因为以农业和畜牧业为主的民族认为美好的生活只有神化的自然才能给予，人们求助于自然，顺从于自然，希望自然达成人的愿望；第二，这里的人们始终关注着社会生活这张关系网的状况，他们认为人与人之间、民族与民族之间互助互爱、淳朴无间、和平共处的关系对幸福生活的获得是至关重要的。因为对于经济实力相对薄弱的各民族来说，民族内部和民族之间的战争对任何人的生命与财产都是严重的摧残和损耗，因此，在经济商贸的交往中创建一种生态良好、环境优美、生活和平宁静的发展模式尤为重要。"

原住民的朴素生态观

世居大香格里拉的各族人民在人与自然环境之间建立了相对持久、稳定与和谐的关系，这种传统的生态观对当地居民的世界观、信仰、思维方式、社会规范等基本特征的形成产生了深刻影响，在处理人地关系的矛盾，在自然资源的开发与保护，在向大自然的索取与回报之间，一直维持着人与物的平衡与和谐。

敬畏自然的古老生态观

在大香格里拉地区，尤其是自然宗教在各少数民族中的影响很大，树木崇拜是各族文化中共有的现象。

雅鲁藏布江流域的生殖崇拜

远古时代生产力水平低下，人类对自然处于一种依附或顺从的关系，人完全依赖大自然的恩赐而生存，以采集、渔猎为生，所以他们认为大自然是神圣不可侵犯的，山山水水、花草树木都是有神灵的。

许多少数民族都有自己的"神林文化"，即在村寨后方或附近有一片被赋予神秘色彩或作为崇拜对象的树林，即神林。这种神林在彝族、白族、傣族、哈尼族、苗族、侗族、水族、瑶族等民族文化中都占有重要位置。凡有

神林文化的少数民族对神林都十分崇敬，一系列民族节日、祭 在木里长海畔的尼玛堆
祀活动和禁忌习俗都与神林有关。

在不同民族的文化中，神林有不同的涵义，主要有三种：
一是自然崇拜中的护寨神；二是掌管风调雨顺的神灵是神龙居
所的化身；三是安葬祖先的地方。

在少数民族文化观念中，神林是圣洁的，人不能在里面打
猎和行走，更不允许在其中放养牲畜。人类祖先最早就生活在
茂密的原始森林里，这就很自然地在其心中唤起对森林和树木
的崇拜。传说中，神林是神的"家园"，这里的动植物都是神的
"家园"里的生灵，也就是神的"伴侣"，神的"家园"是神圣
不能侵犯的，保护神林可以消灾除难、健康长寿和幸福平安。
众多神林的存在，对于保护森林、保护物种、涵养水源、调节

183

气候和美化环境都起着十分积极的作用。这种世代流传的民族文化不仅使中国大批珍贵的古树得以保存下来，而且也提高了人们爱护自然资源、保护生态环境的意识。

极乐净土的佛教生态观

在大香格里拉的一些民族中，佛教有着深刻的影响，对其基本的生存态度和价值观念起着决定性的规约作用。佛家认为"佛性"为万物之本原，宇宙万物的千差万别都是"佛性"的不同表现形式，其本质仍是"佛性"的统一。"佛性"统一意味着众生平等，万物皆有生存的权利。

佛教信仰者的最高理想是升入极乐世界，其丰富内涵为：一是极乐世界充满秩序，井井有条；二是有丰富的优质水源，称为"八功德水"，"水"为生命存在的基本条件；三是有丰富的鲜花树木，如各种颜色的莲花等，香气芬芳；四是有优美的音乐，使人快乐；五是有增益身心健康的花雨，使人们身心"适悦"而不贪婪；六是有奇妙多样的鸟类；七是有清新的空气。

显然，佛教的极乐世界蕴涵着丰富的生态学内容。

在佛教传播和影响深远的大香格里拉民族文化中，藏传佛教有其独特的生态环境、虔诚的信仰和严格的戒律。它呈现的因果法则、慈悲心怀对整体性的调和原则，自然地孕育了一套人、畜、草之间相互关系的生态哲学，禁欲伦理的民风使当地脆弱的生态环境得到有效保护。西双版纳目前拥有的原始森林是整个亚洲区生态链中一个重要的环节。

道法自然的道教生态观

道教在西南少数民族有着广泛的影响，在瑶、壮、苗族中十分突出，在土家、仡佬、毛南、京、黎、白、阿昌、羌、彝、纳西等少数民族中也很明显。

道家提出了"人法地，地法天，天法道，道法自然"的观点。所谓"道法自然"，指的是"道"按照自然法则独立运行，而宇宙万物皆有超越人主观意志的运行规律。老子认为，自然法则不可违，人道必须顺应天道，诚所谓"顺天者昌，逆天者亡"。道法自然是老子在《道德经》中留给后人的重要格言，包含有丰富的哲理。道法自然就是要人们遵从自然、效法自然，以自然为法则。道教认为宇宙万物、飞禽走兽、草木昆虫等都是道气化生的，由于它们禀赋的道气清浊不同，才构成了世界的多样性。

人与万物在道性上是平等的，富于灵性的人类应与"大地合德"，对万物利而无害。毁灭自然万物的行为是在扼杀自然的生机，必将给人类带来祸害。重人贵生是道教最重要的教义。"生"即指生命，它源于自然，并与自然构成有机的整体；人对待生命应当是"贵生"、"乐生"；人们要善待万物，尊重一切生命。瑶族人深受道教"贵生"、"乐生"观影响，从庄严的命名仪式中可看出他们尊重生命、以人为本的思想。瑶族人一生取有多个名字，法名、郎名都要通过严格的宗教仪式才能获得。其命名仪式贯穿着诞生礼、成丁礼以及入教仪式等内容，是培养和造就瑶族文化传统继承人的重要途径，表明瑶族对人自身生命及其社会化过程的高度重视。

爱林护生的世俗生态观

大香格里拉各民族传统生态文化的精华和实质是对大自然的保护，他们以"生产为目的"的对生态资源的传统管理方法，曾经有效地使当地的森林覆盖率维持在较高的水平，并在较长的时期内有效地维护了生物多样性。本区少数民族大多居住在山区丛林中，可以说有山就有林，有林就有人；哪里有人家，哪里就有森林。千百年来，在与大自然相依为命的过程中，西南少数民族与森林共处，森林给予了他们以水源之利、衣食之本，给了他们优美的生存环境，各族人民也与森林结下了不解之缘。

融于自然的整体生态观

从人的一生来看，人来自自然，生长于自然，最后又回到自然。大香格里拉的少数民族从来没有将自己与自然分开的观念，他们始终认为人就是自然的一部分，人生于自然中，与自然万物共同生长。人的生活始终融合于自然之中，否则便是异常。他们生于斯、长于斯，已和大自然融为一体，不可分离。他们世代相传，发展出与土地、自然资源和环境融为一体的有关整体环境的传统知识。这从藏族、纳西族的生态观可以略见一斑。

藏族的生态观

人与自然界的平等共存观念。从人与自然界的共存关系来看，藏族对自己居住的区域有独特的认识，在他们的空间意识中，自己生存其中的空间是人、神和动物的共同居住区。而佛教的轮回转世思想更在这一基础上解释了人与自然界的这种共存关系。流传在纳帕湖畔的一则故事说："很久以前，黑颈鹤经常到青稞地中寻觅青稞种子，到青稞长大后又大吃青稞苗，秋天青稞成熟时则大嚼青稞籽。人们对黑颈鹤破坏庄稼的行为又气又无奈，最后终于用下套的办法捉到了黑颈鹤。"故事到此峰回路转，人与黑颈鹤结为兄弟，相互约定，黑颈鹤发誓永远不再破坏庄稼，不再以青稞为食，即使出现在庄稼地里也只吃危害庄稼的害虫；人类发誓永不捕猎黑颈鹤，并将自己头上的3根头发给了黑颈鹤，要它装点在头部，以证明它与人类的亲情关系。从此黑颈鹤头上就有了三根人头发。的确，藏族人民从古至今一直保护黑颈鹤。

人与自然界在敬畏基础上的相互利用关系。从人与自然界的相互利用来看，藏族传统文化是通过将自然神圣化来协调人与自然的关系。在大香格里拉的神山崇拜观念中，不仅认为神山是有灵性的，就连神山中的树木花草、石头河流、飞禽走兽都是神山的有机组成部分，人人不能侵犯。如果要在这里建寺庙，必须向神山祭祀请求饶恕。但是，对于生存其中的居民来讲，神山又是他们的生活来源。他们在山下耕地、建房，在山上放牧，还要不时地在边缘地区适当砍伐树木，上山采药，甚至个别人还要打猎。这种矛盾怎么调和呢？其实，在藏族的空间观念中，除了神山外，人和自然界的其他生物是平等的。因此，人出于对神山的尊重，会尽量避免利用神山核心地带的资源，特别是砍伐树木和打猎。作为神山，要给人以关照，这也是乐施众生的行为。因此，人们不仅可以适当利用神山周围的资源，还可以适当利用神山核心地带的药材、温泉等治病救人的资源。

人类活动对自然生产力的适应性。大香格里拉的传统产业是农牧业。由于青藏高原海拔很高，自然环境条件较差，自然生产力相对较低，因此，传统文化对自然环境的利用非常谨慎。在大香格里拉的大部分地区，农牧业结合是基本的生产方式。人们在海拔较低的地方小面积地种植粮食，在零星的耕地间有大片的草地，林间草地及高山草甸是人们放牧牛羊的地方。人们对土地资源的垂直利用非常科学。在海拔2500～3000米的高寒地带，如果是风调雨顺的正常年景，青稞的收成除了能满足一家一户的需要外，还可以拿出约1/4用于交换不足的畜产品。

纳西族的生态观

"人与自然和谐相处"的生态自然观。自古以来，纳西族为谋求自身生存，要向大自然采集植物或狩猎动物，并食用这些动植物，从而产生了对大自然的感恩情绪。人们懂得大自然是人类诞生的摇篮和赖以生存的基础，因而对自然有一种科学的态度，也有一种道德的观念。纳西族认为，自然界的各种生命是彼此折射辉映、相生相长、荣辱与共的，人类与自然界是相互作用、相互依存的关系。东巴教宣扬万物有灵、灵魂不灭、人神共存的观念，追求人与自然和谐与共的精神境界。

187

"人与自然是兄弟"的生态哲学观。纳西族认为，人与自然之间的关系犹如兄弟，相依共存，人与自然只有保持这种兄弟似的依存关系，人类才能与自然和谐相处。如果破坏这种相互依存的和谐关系，对大自然豪取掠夺，那既伤了兄弟之情，又会遭到大自然的报复。对此还有一个流传甚广的传说。

据东巴经记载，人与"署"（大自然）本是同父异母的兄弟，但后来贪婪的人类过分侵扰自然，冒犯了"署"，结果兄弟成仇，人类遭到了大自然的报复，洪水横流，百病滋生。人类在惊恐无奈中只好祈求神灵、东巴教主师丁巴什罗和大鹏神鸟来调解。人类与大自然这两兄弟相互约法三章：人类可以适当开垦一些山地，砍伐一些木料和柴薪，但不可过量；在家畜不足食用的情况下，人类可以适当狩猎一些野兽，但不可过多；人类不能污染泉溪河湖，不能劈山炸石。从此，人的生态伦理良知得以唤醒，人类与自然这两兄弟又重归和好，并祖祖辈辈认真履行协议。

当自然力被抽象化为神时，人与自然之间的关系也就随之演变为人与代表自然的神之间的关系。纳西族先民对"署"文化内涵的理解是："署"神具有千变万化的功能，它上管天、下辖地，既会给人们带来恩惠，也会给人们带来危害。先民向自然界获取生存条件，首先要向"署"祈求赐予，才能进行狩猎和采集活动。就连人类的荣衰、贫富、祸福、天时好坏、求嗣、寿岁、六畜兴旺、五谷丰登、生老病死都为"署"神所主宰，"署"神无所不管、无所不理。从这一情况看，"署"神又是具有综合性文化内涵的自然神灵。

在东巴教规中，对自然界的敬畏与崇拜深刻地影响到纳西族对自然的态度，因而在行为上非常自觉地保护生态环境，从来不向自然界过分索取。

"崇拜自然、爱惜生命"的生态道德观，是纳西族先民把各种与自己生存息息相关的自然物和自然力人格化。在万物有灵的原始思维支配下，所有影响作用于人类生活的自然物和自然力，都被纳西族幻化为形形色色的神灵，如卢神、沈神、署神、山神等。纳西族先民在山林中繁衍着种族，延续着生命，深信能够护佑他们的神灵无处不在，并产生了对山、森林、植物和动物以及他们自身生存环境的尊重，形成了原始自然崇拜。

历史渊源

大香格里拉地区的少数民族生态观是各族先民在与特定自然生态环境长期共存与互动过程中逐渐形成的。在对自然最初的认识中，各族远古先人依靠其丰富的想像力，创造出各式各样的创世史诗和起源神话。

这一地区诸多民族中至今仍保存并流传着相当完整的、形式多样的关于宇宙形成和人类起源的神话，其创世史诗和起源神话之丰富发达，在世界民族民间文化史上也是首屈一指的，如藏族的《始祖神话》、纳西族的《创世纪》、彝族的《宇宙人文论》、白族的《开天辟地》、哈尼族的《天地人和万物起源》、苗族的《造天造地》、瑶族的《盘古造天地》、壮族的《布碌陀造天地》、傣族的《因叭造天地》、布依族的《造万物》、侗族的《古老和盘古》、水族的《开天立地》、仡佬族的《天与地》、普米族的《吉赛叽》、土家族的《张古老做天李古老做地》、阿昌族的《遮帕麻和遮米麻》、景颇族的《穆瑙斋瓦》、拉祜族的《牡帕密帕》、佤族的《司岗里》、布朗族的《顾米亚造天造地》、基诺族的《阿嫫腰白》、珞巴族的《九个太阳》等。

这些创世史诗和起源神话虽各具鲜明特色，但其中都蕴涵着有关协调人与自然关系的古老生态智慧和环境意识。它们是各民族生态观和环境文化萌生的基本标志。

人类生活在自然界里，为求得自身的生存和繁衍，必然要与自然界发生这样或那

189

正在书写东巴文的纳西族
老人

样的关系。在人类初期，生存的需要促使各族先民认识并了解
自身所处环境的奥秘，探究宇宙形成和人类起源问题。大自然
的种种现象首先成为人们密切关注的中心。正是通过认识自
然、理解自然，先民们逐步形成了一整套朴素的自然观和生态
观。

对于宇宙形成，各族先民有着各式各样的说法。最普遍的
解释是"混沌说"。在先民心中，天地形成前，宇宙是一片迷茫
混沌：有气，有雾，有天地万物的影子。关于"混沌状态"，他
们有着相似的描述。纳西族先民认为："很古很古的时候，天地
混沌未分，东神、色神在布置万物，人类还没有诞生。石头在
爆炸，树木在走动，混沌未分的天地，摇晃又震荡。"苗族祖先
认为："古代，哪个诞生最早？哪个算最老？云雾诞生最早，
云雾算最老。"侗族先民认为："远古时代混混沌沌，直到朦胧
初开才分天地。风云雷雨归天，土石人兽归地。"纳西族、苗族

和侗族分属于不同的族系，却有着同样的认识，这说明在人类的童年时期，人类对宇宙形成及其衍生的地球生态环境有着共同的思维特征。

在人类认识史上，人们最早是对外部自然界产生了兴趣。随着实践范围的扩大，人们逐渐把眼光投向自身，开始探索自身的起源问题。在人类童年时代，先民对自身来历有着种种"奇思妙想"，大致可以分为两类：一类认为人是由自然物变的，另一类则认为人是由神创造的。可见，本区各族先民的生态观念和生命意识最初发源于他们的创世史诗和起源神话，是在原始神话和自然宗教氛围中萌生的。

人类祖先原本是大自然中的一员，在进入文明社会的很长一段历史时期，人类仍然保持着与自然的和谐和平衡状态。随着社会发展，人类活动开始对自然环境产生影响和破坏，导致自然的惩罚。

对于大自然带来的灾难，苗族古歌作了生动的描述。对于地震和滑坡引起的山崩地裂现象，描述为"天上一天垮六次，地下一夜垮六回"，惊得"鸡飞狗又跳"；对于气候变化导致严重的旱灾，描述为太阳"晒得地下像火烧，晒得树木变成炭，晒得石头像油膏，晒得泥巴变成水，晒得河水像开水"。对于人类因不适应其生态环境而导致疾病的现象，纳西族《东巴经》有珍贵的记录，其中记载有180种药丸，"甜的九种药水，苦的十种药水"，甚至还有不病之药和不死药。不死药和不病之药带有神话色彩，体现了古代纳西人民希望健康长寿的愿望。《东巴经》中有"天花"、"麻风"、

"药"等象形字。"药"的象形字是花上流出汁水，可见其字源也在于用中草药汁治病。《崇搬图》记载，可以用针灸和按摩来治病，这也是很有价值的。

由于各族先民没有条件对大自然进行深入了解，因此，他们虽已模糊认识到自然进程是不以人的意志为转移的，面对自然灾难，人们只能趋利避害，积极应对，但生态环境对他们来说还是一个变幻莫测的问题，人们对自然规律尚无正确认识。这样朴素的生态观，只能大致描绘自然和生态的一些表面现象，而不能科学地说明自然的进程、生态的变迁及其对人类生存发展的影响。

探索大香格里拉的内涵

经过中国自然科学家和社会科学家的长期综合考察研究，中国科学探险协会总结了科学家们对大香格里拉内涵的初步认识。

认识大香格里拉

香格里拉的由来

1933年，在小说《消失的地平线》里，英国作家希尔顿以喜马拉雅山东端藏汉交界区域为原型提出了"Shangri-La"（香格里拉）这个词以及它所表征的优美、和谐、令人神往的人间天堂；植物学家洛克在美国《国家地理》上，以自己20余年的亲身经历描述了青藏高原东南部川滇藏交界地带多民族、多宗教的高山峡谷区的自然特色与民族文化，也提出了类似的英文

词汇"Shankori";艺术的创作与科学的描述已经将"香格里 碧江的基督教教堂
拉"作为美丽与梦想深深置入热爱和平、追求幸福的世人心中。

关于香巴拉和香格里拉的关系

藏学家杜永彬认为,西方人对"香巴拉"的了解、认识、
接受、寻找和想像,导致了"香巴拉"的西化和"香格里拉"
的产生。20世纪以后,在西方"香巴拉"概念在很大程度上被
"香格里拉"一词覆盖,进而催生了更多世俗倾向的变化。"香
巴拉"的西化过程体现了西方人对"香巴拉"在观念层面的接
受和改造,其明显的标志就是,西方人将"香巴拉"西化成了
"香格里拉"。不少学者认为,"香格里拉"作为一个词应是"香
巴拉"、"雄格里拉"等当地藏语的音译或同意义词,或者说与
它们有密切的关系;这些藏语也都表征美丽、神圣的人间仙境
及梦想之地。"香格里拉"一词无论在译音上和内涵上都秉承了

193

藏族当地语言和文化特征；艺术的创作和语言的扩展则使这一概念得到升华，并在全世界发扬光大。

大香格里拉在哪里

我们考察研究认为，在中国，在青藏高原东南部横断山区的主体部分，特别是大理—康定—昌都围成的大香格里拉区域，最接近名词"香格里拉"所体现的内涵与精髓。这里众多的高山与峡谷、雪山与河流、生物多样性与文化多样性，构成了一部波澜壮阔的自然文化交响乐。"三江并流世界自然遗产"满足世界自然遗产全部四项标准，是地球上绝无仅有的；雅鲁藏布大峡谷自然保护区是人类保存完好的原生态自然环境区域之一；"丽江古城世界文化遗产"体现人与自然完美和谐，为人类之杰作；数十个保留珍稀生物资源的国家和省级自然保护区以及数十个各具文化特色的民族，蕴涵着极其丰富的自然和文化资源。

大香格里拉的形成原因

大香格里拉是川滇藏交界区域的地质构造与气候条件共同作用的结果。一方面，这里是欧亚板块、印度板块和太平洋板块碰撞交汇的地区，地表强烈褶皱、断裂发育、起伏巨大，形成了密集排列的纵向高山峡谷地貌；另一方面，这些密集排列的纵向高山峡谷为印度洋暖湿气流提供了有利的水汽通道，在本区形成了丰富的垂直气候和自然带。

大香格里拉的和谐之美

大香格里拉地区发育了从热带、亚热带到极地，从湿润地区到干旱地区的丰富多彩的景观类型，又具有峡谷、湖泊、森林、草地、寺庙、村庄融于一体的自然人文组合，在最大程度上给人们展示了自然之美与和谐之美。

大香格里拉地区的多数民族在历史的长河中形成了热爱自然、尊重自然的理念，形成了人与自然和谐共处、多民族多宗教和平共存的多种社会发展模式，对整个人类社会未来的发展具有重要的参考和借鉴意义。

我们赞扬藏族人民的"神山"宗教和文化。藏族人民给予很多雪山神圣的宗教崇拜和严格的保护（诸如梅里雪山等），具有极大的生态价值和文化意义，是全世界宝贵的精神财富和生态财富。

我们应尊重纳西族人民将人类与自然比作"同父异母的兄弟"。这种"亲情自然观"将人与自然的关系上升到新的高度。正是这种自然观给我们留下了玉龙雪山及下面的青山绿水，也使纳西族人能够艺术地利用水资源，形成"城依水存，水随城在"的丽江古城。

纳西族没因高山峡谷的阻碍而变得封闭和狭隘，因为他们具有开放的心态、乐于吸收外来文化的广阔的眼界和胸襟，使多种文化并存、互融于一个民族肌体，使纳西族获得了生机勃勃的活力，进而以雄厚、博大、精深的文化跻身于世界民族之林。

包容的胸怀和广采博纳的精神，使得这块土地上虽然民族、宗教繁多，但各种宗教在这里可以弘扬自己的教义而相安无事，各族人民和宗教信仰者并没有像世界上有些地区一样卷进无休止的战争和摩擦之中。这不能不说是多民族共处的奇迹，为世界上多民族和谐相处、共同发展树立了光辉典范。

我们的呼吁

大香格里拉地区是中华民族最宝贵的生态财富和民族文化财富，也是全人类重要的自然、文化遗产。我们必须从全球生态文明的高度审视"大香格里拉"的意义，深刻探究和挖掘"大香格里拉"对于21世纪人类生活与可持续发展的重要价值。

宗教文化是大香格里拉地区的灵魂。大香格里拉地区传统的宗教与文化应该得到

195

尊重和保留；我们明确地反对所谓的"征服神山"活动，不仅是因为这里的气候环境条件非常不宜于人类去攀登（如梅里雪山、南迦巴瓦峰等），更重要的是，我们应该尊重当地藏族和其他民族同胞对神山的情感和信仰，也将雪山当作敬而远望的自然神灵，为大香格里拉留下一些神圣的境地。

严格保护大香格里拉地区优秀生态文化传统，包括藏族生态文化圈、纳西族生态文化圈、白族生态文化圈等，建议将泸沽湖及周围地区列为"摩梭生态文化圈"，使人类历史上重要的"母系文化"遗存得到保护。我们需要在保留传统文化与发展现代文化方面找到合理的平衡点。

贫穷不应在大香格里拉地区永远存在下去，但发展的道路不能以牺牲生态为代价，而需要有自己独特的富裕之路。我们需要以长远的眼光看待大香格里拉地区的发展之路。

大香格里拉在我们心里

将"香格里拉"这个神圣的名词唯一赋予任何一个地方都是不合适的，都会削弱"香格里拉"这个名词带给我们的神圣和期待。将"大香格里拉地区"作为一个有区域而无边界的概念比较合适，它是大自然与人类共同创造的奇迹；热爱和保护大香格里拉的自然环境，发扬大香格里拉中人与人、人与自然和谐共处、共同发展的传统美德。"大香格里拉"是人类心目中的理想天堂，她永远存在于我们每一个人的心里。

后　记

　　自从1980年拜读小说《消失的地平线》以来，卡拉卡尔山、"蓝月亮山谷"和香格里拉寺庙常常在我脑海中盘旋。当我无意中发现卡拉卡尔山的海拔高度与世界第三高峰洛子峰的海拔高度非常接近，而洛子峰又与珠穆朗玛峰仅仅一坳之隔时，我初步对比了珠穆朗玛峰南北坡与卡拉卡尔山谷的自然景观后产生了一个直觉，希尔顿冥冥之中描述的"蓝月亮山谷"还不如珠峰南北坡的自然景观呢！

　　后来，我又因为科学考察工作的关系逐渐进入南迦巴瓦峰山区、雅鲁藏布大峡谷地区、横断山脉地区……逐渐接近、认识、亲近这些地区，更加深了我对这些地区的爱，更加深了我对心目中的理想世界的认识。我逐渐认为，上述地区都是我心目中的世外桃源、理想王国。她们远远胜过希尔顿笔下的"蓝月亮山谷"，或者是引申出来的"香格里拉"。

　　通过2006年对川滇藏三省区的大规模综合科学考察，经过自然科学家与人文科学家的相互交流，比较研究"香巴拉"、"香格里拉"、"桃花源"、"伊甸园"等描述的理想王国，我深深感觉用本书概括的"大香格里拉"可以综合上述理想王国之大成，可以更接近现实生活，可以为更多的人所接受。

　　其实，在我的心里，我真实地认为，无论什么理想王国都是人们心目中的追求，包括本书所强调的大香格里拉。因此，大而言之，大香格里拉应该在世界上的每一个角落里，在我们每一个人的心里！

　　最后，笔者把电影《消失的地平线》主题歌的中、英文歌词一并附录于后，供读者参考。

电影《消失的地平线》主题歌

现在

要预测过去可能发生的事情，

当然为时太晚。

你若有幸读懂我的心，

你应该知道我心存大爱。

我大声呼喊：

我们有相同的感受！

然而事实并不是那样，

现在你永远不会明白，

你如何才能读懂朋友

读懂你心目中的我！

如今我需要知道的太多，

那是我从来没有学过的功课。

当你永远失去朋友的时候，

对我伤害太深！

哦，对我伤害太深！

我一直相信你和我

宿命相连，

但这样的时刻从未来到。

它听起来是多么的荒谬！

难道这些都是我的幻想？

难道与我同样感受太阳的，

只有我自己一个？

当你歌唱你的感受时，

我告诉自己，

也许有一天

我会与你同声歌唱。

我有很多从来没有实现的梦想，

当我的梦想没有人分享时，

对我伤害太深！

哦，对我伤害太深！

我有一个现实的理想，

但我不知它在何方，

我相信

总有一天我会融入到那

消失的地平线上

对我伤害太深

哦，对我伤害太深！

你有一个现实的理想，

你去追寻你的理想，

有一天你找到了她，

你奔向她

停留在那消失的地平线上！

Lost Horizon

Now I guess it's too late to speculate

On things as they might have been

That given the time, you'd read my

mind

And know there was love within

I could loudly exclaim we felt the same

But not in all honesty

Now you'll never know

How could you know the friend that

you had in me

I've got so much to learn now

Lessons I never had

When you lose a friend forever

Hurts so bad

Ooh it hurt me so bad

I had always believed that you and me

Were connected by destiny

But the time never came

It sounds so lame

Is it all just my vanity?

Am I the only one to feel the sun

Exactly the way I do?

When you sang how you felt I'd tell myself

Maybe someday I'll sing with you

I've got so much to hope for

Dreams that I've never had

When you've got no one to share them

Hurts so bad

Ooh it hurt me so bad

I have an ideal I think is real

But I just can't find it

I believe that one day

I'll melt away into that lost horizon

Ooh it hurt me so bad

That you had an ideal you knew was real

And you went out to find it

And you found it one day

You've gone to stay into that lost

horizon

致谢：作者诚挚地感谢2006年参加中国大香格里拉科学考察的朋友们对于本书提供的帮助，感谢胡启恒女士对翻译电影《消失的地平线》主题歌歌词的修改，感谢所有关心支持大香格里拉的朋友们！

探秘大香格里拉